François-Alexandre Bergeron

Les larmes de Dieu

roman

Éditions Dédicaces

LES LARMES DE DIEU
par FRANÇOIS-ALEXANDRE BERGERON

Dépôt légal :
Bibliothèque et Archives Canada
Bibliothèque et Archives nationales du Québec

Un exemplaire de cet ouvrage a été remis
à la Bibliothèque d'Alexandrie, en Egypte

ÉDITIONS DÉDICACES INC
675, rue Frédéric Chopin
Montréal (Québec) H1L 6S9
Canada

www.dedicaces.ca | www.dedicaces.info
Courriel : info@dedicaces.ca

François-Alexandre Bergeron

Les larmes de Dieu

Les anges bienveillants, de satin molletonné, et d'or
nous regardent de tout là-haut, attachés à leur voûte suspendue.
De leurs divines et majestueuses demeures ils nous protègent,
dansent, dans l'Espace embué, leur magnifique cortège.

Je les prie chaque soir, et clos mes yeux, paisiblement,
et c'est alors que je les vois au-dessus de mon lit me mirant.
L'une d'elles, aux cheveux roux et bouclés, à la robe rouge et dorée,
alors me tend longuement la main et m'envoie doucement un baiser.

Nous nous parlons ainsi sans dire mot, en silence.
Je lui dis mes prières sans aucun scrupule ou réticence,
Et elle me pardonne, et me donne la miséricorde,
Et me lance de fines étoiles et me borde.

J'ai chaque soir une chaleur mystique à mon cœur,
car les anges sont là pour nous fidèles, protecteurs,
qui quittent leur voûte un instant pour sauver les faibles et les
malheureux,
chutant dans ce monde triste et sombre telles les larmes de Dieu!

ÉDOUARD TREMBLAY

L'automne s'installait tranquillement, mais très tôt, sur Chicoutimi. En ce mois de septembre 1947, les arbres arboraient déjà de vivaces tons de jaune, d'orange et de rouge qui explosaient dans la clarté du soir. Bien qu'il fît encore chaud, la tiédeur ne suffisait plus à maintenir les plantes en vie et elles commençaient à laisser leurs carcasses vides et jaunies, jonchant les jardins, les rues et les pelouses, un peu partout. On voyait déjà les volées d'outardes et de bernaches canadiennes migrant vers le Sud traverser le ciel en d'immenses *V* grouillants dans une cacophonie à peine audible. Le retour à l'école sonnait le glas de l'été, encore perceptible un instant avant le terrible hiver qui venait. Un sentiment de calme envahissait la ville depuis la fin de la guerre, même s'il y avait encore une certaine crainte dans la population qui se manifestait surtout par de la paranoïa, comme si les gens n'eurent pas cru qu'après la crise économique et la guerre qui venaient de les frapper, le monde pût être encore paisible et insouciant.

Dans le quartier ouvrier du Bassin, Édouard rentrait chez lui après une dure journée au séminaire pour garçons. Il descendit de sa monture de métal rouge et la remisa. La journée avait été particulièrement longue et pénible. Comme toujours, le grand Duquette et Laprise s'étaient acharnés sur lui, et le frère Simard, vieux corbeau d'église aigre et sec, l'avait sorti méchamment de ses rêveries en lui disant que s'il ne s'évertuait pas plus, il ne ferait guère mieux que son père et tous ses semblables prolétaires. Édouard était rêveur et aimait beaucoup le dessin. Il était une proie facile pour tous les jeunes coqs du séminaire. Il oublia ses mauvaises pensées et se dirigea vers la maison.

Le jeune homme était grand et maigre. Ses cheveux bruns, lissés à la perfection, comme la mode le voulait en ce temps, contrastaient avec ses yeux clairs noisette. Il avait un regard perçant et sérieux. Ses traits pointus étaient accentués par sa maigreur, mais ils avaient quand même une grâce; il avait un front grand et carré et un nez assez long couronné de deux narines fines qui lui créaient une pointe arrondie qui le précédait partout où il se rendait. Sa bouche était grande, et ses lèvres écarlates et bombées habillaient son visage. Ses pommettes pointues et son long menton à peine velu encadraient ses lèvres. Du haut de ses dix-huit ans, il projetait une image unique aux gens de son âge, ni jeune ni vieux encore. Quelquefois, il discourait devant ses parents et sa famille. Sa voix chaude résonnait et ses traits prenaient alors l'allure de ceux d'un homme. Il parlait avec honneur et conviction, et là, tout le monde disait qu'il était un homme. Et, l'instant d'après, il se détournait pour jouer avec ses frères et sœurs en criant et les chatouillant, avec un grand sourire fendu jusqu'aux oreilles et un regard taquin, puis un rire éclatant qui émerveillait chaque fois ses parents. Là, il avait l'air d'être resté un enfant.

Il était un jeune homme, ou un vieil adolescent, décidez de ce que vous préférez. Édouard était l'aîné d'une famille de cinq enfants, jeune homme cultivé et instruit. Ses parents voyaient en lui un homme de lettres ou même un prêtre, celui qui briserait l'héritage ouvrier et prolétaire de sa famille, devenant pour elle un objet de vantardise. Comme cela les gens diraient, à la messe ou au marché : « Le petit Tremblay, c'est quèqu'un ça! » La petite maison aux galeries larges et aux portes grinçantes l'accueillit avec les cris de ses petits frères et de sa petite sœur. Il entra vite dans le salon mal décoré. Il y avait cette tapisserie, fleurie. Elle était parsemée d'images de saints et de prières. Il était meublé d'une petite table à café, d'une causeuse, de deux sofas et de deux fauteuils, tout dépareillés. On pouvait sentir, en y entrant, que cette pièce avait été constituée dans des années de vaches maigres, selon le prix le plus bas et non selon le goût. Il arriva dans la cuisine, où il trouva sa mère et sa sœur qui préparaient le repas.

– Salut sa mère.

Sa mère le salua affectueusement, avec fierté. Sa sœur, quant à elle, ne lui fit qu'un léger sourire, un peu jalouse du sort réservé aux garçons. Édouard avait des libertés qu'elle n'avait pas et elle entretenait envers lui une rancune sans malice. C'était une guerre ouverte et tout le monde était au courant.

– Popa y'est pas encore r'venu de la job? demanda-t-il.

– Y'est pas tard encore. Y devrait arriver bientôt. Pis, ta journée à l'école? dit sa mère.

Il fit une moue sans amertume voulant seulement dire : « je ne veux pas en parler ».

– Tu devrais pas te laisser marcher su'es pieds mon gars. T'es intelligent, tu parles ben, t'as autant de potentiel qu'un autre, t'sais… dit-elle, affirmative et confiante.

Elle parlait comme cela quand, se sentant diminuée par son manque d'éducation, elle voulait relever l'estime de son fils. Personne dans la famille ne s'était rendu si loin dans les études. Béatrice Tremblay avait à peine la quarantaine, et déjà elle montrait des signes de vieillesse, des rides au coin des yeux pour avoir pleuré quatre enfants morts, des cheveux gris pour l'inquiétude de ne pas savoir s'ils pourraient manger le lendemain, des doigts secs et craquelés par l'eau de lessive et le froid, une démarche lourde et lente due à la fatigue. À chaque fois que Louis, son époux, avait perdu un emploi, et qu'elle avait dû rationner l'argent et les vivres, elle avait mis au monde des enfants faiblards et malades, et l'on pouvait facilement compter combien de fois cela s'était produit!

Cécile mit la table pendant que Béatrice s'affairait à finaliser le repas. Édouard aidait un peu sa sœur, portrait conforme de sa mère vingt-cinq ans plus tôt, mais pas encore vieillie ni accablée par les dés du sort. Cécile était la deuxième de la famille. Âgée de quinze ans, elle étudiait pour devenir institutrice au Collège du Bon-Pasteur de Chicoutimi. Elle était très contente de cela et ne se plaignait guère de sa situation, bien qu'elle eût souhaité éviter le sort des femmes de son époque. Sa mère avait mis au monde neuf enfants : Édouard, Cécile, un petit garçon nommé Normand mort à deux semaines, le petit Napoléon, âgé de douze ans, une petite fille morte à trois jours, nommée Ophélie, une autre petite fille, morte à trois mois celle-là, Suzanne. Suivaient encore la petite Anne, âgée de cinq ans, Claude, mort à huit mois, et finalement le petit Daniel, âgé, lui, de dix mois. Elle avait dans le visage, inscrit comme une gravure, le courage d'une femme du peuple, d'une mère endeuillée, habituée de se retrousser les manches, même lorsqu'on pensait qu'il n'y avait plus d'alternatives. Ses pleurs avaient laissé deux larges rides qui parcouraient ses joues jusqu'au menton.

Louis entra en trombe, il ferma la porte fortement et lança :
– Hey! la famille, j'suis là!

L'homme d'âge mûr, un peu bedonnant, aux traits doux et à la voix forte, entra dans la cuisine. Il salua ses enfants, chatouilla la petite Anne et alla enlacer sa femme, debout devant le vieux poêle. Il l'embrassa tendrement sur la joue en la saluant spécialement de son diminutif, Béa. Tous les enfants sourirent et se regardèrent l'air complice. Depuis quelque temps, tout allait bien pour eux, et de voir des marques d'affection si sincères entre leurs parents, alors qu'ils les avaient vus se battre et se débattre, empêtrés dans la pauvreté, les émouvait et les rassurait. Ils pouvaient laisser derrière eux, enfin pour un certain temps, les mauvais souvenirs des décès, des petits repas et des cris. Louis alla se laver les mains pendant que Cécile et Béatrice mettaient les plats sur la table. Tout le monde s'y réunit. Ils se prirent les mains, et la petite Anne, tout heureuse de découvrir sa voix, voulut absolument dire le bénédicité. Elle le fit, avec quelques oublis que sa grande sœur lui souffla rapidement à l'oreille.

Malgré ses petites erreurs d'inattention, la petite était très fière d'elle et reçut une acclamation générale de la part de sa famille pour cette prière si bien récitée. On mangea ensuite, un ragoût de légumes et de bœuf, avec du pain et du beurre. Louis narra sa journée de travail. Il était plombier depuis un peu plus de cinq mois et prenait plaisir à travailler dans ce domaine. Ce fils de paysan avait épousé Béatrice très jeune et l'avait emmenée en ville, cherchant du travail.

Il avait été charpentier, ébéniste, vendeur porte à porte, électricien, et même chauffeur. Son emploi de plombier avait été une bénédiction et il chérissait ce travail ingrat et salissant. Tous parlèrent un peu, même le petit Daniel, qui ne dit pas grand-chose. À la fin du repas, Anne, qui venait de commencer la petite école, insista pour réciter la fable du Renard et du Corbeau, qu'elle venait d'apprendre. Elle commença à parler beaucoup trop vite, tout excitée de se donner en spectacle, et raconta tout, en zozotant un peu à cause du trou béant que lui faisait le manque de ses deux palettes. Lorsqu'elle termina, elle reçut un tollé d'applaudissements, tellement qu'elle en fit une révérence.

On ramassa vite la vaisselle, on la lava et on s'empressa d'aller dans le salon pour écouter les radio-romans. Anne et Napoléon allèrent jouer sur la pelouse en s'occupant du petit Daniel. Cécile, assise sur la galerie, cousait, en jetant un regard protecteur sur son frère et sa sœur de temps à autre. Édouard, assis dans un fauteuil du salon, regardait ses parents, assis tous deux dans leur fauteuil, son père lisant le journal et sa mère écoutant nonchalamment et cousant elle aussi.

Lorsqu'il tournait la tête vers la porte de l'extérieur, il voyait, à travers la porte-moustiquaire, sa sœur, assise, et les enfants jouer. Il entendait le cri des autres enfants qui jouaient dans la rue se mêler au son de la radio et du doux vent du soir qui faisait danser une dernière fois les feuilles dans les immenses trembles qui faisaient face à la maison. Tout était bien et parfait, dans le meilleur du petit monde.

L'arrivée d'un inconnu

Le train entra en gare à Chicoutimi. Le voyage avait été long depuis Québec, mais il le fut encore plus considérant celui de Montréal à Québec qui avait précédé. William regardait la vapeur balayer les passagers et les valises qui s'entassaient sur le pont de la gare. Il attendrait que les gens s'en aillent. Il n'avait aucunement envie de se mêler à cette masse. Il cherchait sans chercher; son père. Mais que pensait-il? Son père ne viendrait sûrement pas. Il devait chercher un chauffeur, pas William C. Drake père. Il était très mal assis, pour ne pas dire couché dans son siège. Il regardait, las, une mère qui renouait la boucle rose dans les cheveux d'une fillette blonde. La petite se débattait et n'aimait pas le traitement. Elle chignait.

William était un jeune homme de dix-sept ans. Il n'était pas très grand mais était robuste et avait une bonne constitution naturelle; les tendons et les muscles étaient bien définis sous sa peau blanc clair, presque livide. Ses grands yeux, bleu marine foncé, contrastaient particulièrement avec ses cheveux blonds raides. Il avait des traits obtus et un nez gracieux. Ses lèvres, grosses et rouges, étaient boudeuses, comme si elles étaient nées avec cette expression de lassitude chez lui inhérente. Sa peau, trop claire, faisait ressortir ses cheveux, ses yeux et sa bouche, si bien que ses traits paraissaient flous.

Le jeune homme se leva, décidé à quitter cet enfer de métal. Il ouvrit la porte et marcha tranquillement vers la sortie. Après être descendu du wagon, il sortit aussitôt une cigarette de son veston chic, qu'il alluma d'un geste habitué. Il observa un peu les alentours et les considéra. Où était-il? Son père était fonctionnaire pour le gouvernement fédéral, et depuis qu'il ne vivait plus avec sa mère, il vivait ici, dans ce trou perdu au milieu du Bouclier canadien. William fils avait dû quitter Montréal. Sa mère étant morte au printemps de la même année de la tuberculose, il ne pouvait plus vivre chez sa tante, elle aussi malade. Il avait dû s'astreindre à venir vivre avec son pire ennemi : son père.

Il aperçut soudainement un homme vêtu tel un chauffeur. La foule commençait à s'éclaircir. Il avança vers l'homme.
– Êtes-vous William Drake fils? demanda l'homme.

William prit une bouffée, fixant l'homme, comme agacé par le fait qu'en parlant de lui, on devait toujours préciser qu'il était le fils, qu'il n'avait pas le plaisir de posséder son nom et d'en être l'unique possesseur. Il fit signe de la tête que oui. L'homme lui demanda s'il parlait français et ne reçut encore comme réponse qu'un hochement de tête. William n'était pas très bavard et avait appris à se méfier des gens dans la vie. Il suivit l'homme, qui avait pris ses bagages. Ils traversèrent l'édifice central de la gare, en ressortirent et s'engouffrèrent dans une luxueuse voiture noire.

William regarda par la fenêtre pour découvrir la ville où il vivrait désormais. Il se trompait malgré tout. Ils passèrent à plusieurs endroits… vides. Quelques maisons au milieu d'un champ. Des poteaux électriques et des champs. Soudain, ils arrivèrent dans la basse ville de Chicoutimi. Là, l'urbanité était plus concentrée, bien qu'aucunement comparable à Montréal. Il en fut un peu soulagé.

La voiture se mit à parcourir les nombreuses pentes sinueuses de la ville. Ils arrivèrent bientôt sur la rue Racine, la principale rue de la ville. Là, se concentraient la plupart des commerces et des marchands. Ils passèrent devant la majestueuse cathédrale Saint-François-Xavier. L'église, de style néogothique, trônait dans la ville telle une reine, faisant face au Saguenay, ses deux immenses clochers ressemblant à une couronne. Bien que peu croyant, William eut un sentiment d'admiration pour la foi qui pouvait pousser certaines personnes à ériger des monuments aussi grandioses au nom de Dieu.

Bien sûr, elle n'était pas la Cathédrale Notre-Dame ou encore l'Oratoire Saint-Joseph, mais elle était tout de même le plus gros édifice de la ville, et à ce titre, elle était très impressionnante et inspirait un respect particulier. La voiture contourna l'impératrice de pierres et gravit une rue perpendiculaire. La voiture se retrouva bientôt dans un quartier de style victorien où il ne semblait pas y avoir beaucoup de vie. Il était austère et sévère, et détonnait avec les quartiers plus populaires qu'ils avaient traversés plutôt, plus pauvres mais débordants de vie, avec plein d'enfants dans les rues qui jouaient.

Le carrosse de métal s'engouffra dans une cour où il s'immobilisa. Le chauffeur en sortit, alla extraire les bagages du coffre avant d'ouvrir la porte au jeune homme. William mit le nez dehors, toujours aussi observateur et curieux. Il ne démontrait aucun enthousiasme, mais il était assez content de se retrouver loin de la maison où il avait vu dépérir sa mère pendant des années. Un vent nouveau soufflait dans sa vie. Il n'était pas très chaud à l'idée de devoir habiter avec son père, mais au moins, il ne verrait plus sa mère dans les moindres recoins de la maison comme il le faisait à Montréal.

Son spectre le hantait. Il la revoyait partout, avec son teint pâlot, et il lui semblait entendre encore sa toux rauque tachée de sang. La maladie l'avait grignotée pendant des années et n'avait laissé à la fin que l'ombre de la femme qu'elle avait été. La pauvre s'était éteinte, après une dure agonie, et ce souvenir d'une femme squelettique crachant ses poumons hanterait William jusqu'à la fin de ses jours. Le chauffeur sonna à la porte, une bonne l'ouvrit, il fit signe à William d'y entrer.

La cour, en pierre, était parallèle à la pelouse parfaite. Le terrain, entouré d'un muret de pierres rouges, était à peine parsemé de quelques cèdres. La maison, grande mais sombre, elle aussi en briques rouges, avait une large galerie de bois peinte en blanc. Les bardeaux noirs laissaient paraître des fenêtres blanches mais discrètes. William considéra sa nouvelle demeure d'un œil investigateur et suivit le chauffeur à l'intérieur, qui remettait les bagages à la bonne. La vieille femme prit les effets du jeune homme et le salua froidement, ce qui n'insulta aucunement William. Il était habitué à l'attitude des domestiques, mécontents de leur sort, et au fond, il les comprenait bien. Il n'aurait pas voulu occuper leurs fonctions. Il compatissait à leur sort, à tous ces Canadiens français que l'élite montréalaise engageait, dont elle se moquait et qu'elle méprisait vindicativement.

Il entra dans la maison sombre, passa le portique blanc ivoire pour arriver dans une pièce centrale. À sa droite, il y avait un salon, tout de boiseries décoré, avec de lourds rideaux brodés qui ne laissaient passer aucune lumière. À sa gauche, un bureau de travail, avec portes en verre. En face de lui, un somptueux escalier entouré de deux couloirs qui devaient sans doute mener à la cuisine, mais au milieu, un escalier blanc qui montait et rejoignait une rampe en un carré au-dessus de sa tête et, en plein milieu, un petit lustre de cristal qui éclairait la pièce. Un très grand tapis, tissé, habillait les parquets cirés en acajou.

La bonne revint lui dire que son père l'attendait dans la salle à manger pour le souper. Il la suivit et entra dans la pièce, dissimulée près du salon. Une immense table de cèdre n'avait qu'un seul occupant : son père. William C. Drake regarda son fils et retourna à son assiette. L'homme, de cinquante ans, était froid. Il avait les cheveux noirs, mais deux tempes grisonnantes trahissaient son âge. Il ne souriait guère, avait la mâchoire dure et puissante, un visage immobile vêtu d'une barbe et d'une moustache austère. Il mâchait sa bouchée sans sembler y prendre aucun plaisir lorsque son fils s'assit près de lui.

– *Good night sir*, dit-il.

Son père le salua de même, sans même le regarder. La bonne apporta une assiette au fils et disparut dans la cuisine aussitôt. William se mit à manger. Ils mangeaient sans mot dire lorsque son père brisa le silence d'un ton désagréable :

– *Tomorrow you will begin school at the séminaire. Because you're catholic, no english schools wanted of you. You'll be with Canadians.*

Le fils ne réagit pas. Il ne semblait guère impressionné par la situation. À Montréal, où les catholiques irlandais étaient nombreux, il pouvait fréquenter des institutions anglophones, mais ici, il aurait dû se douter que cela ne pût se produire. Les deux hommes continuèrent leur repas en silence. William fils, de temps en temps, regardait son père et ne comprenait pas pourquoi, un jour, sa mère l'avait épousé. Il était dur, froid et insensible, et elle, était douce, chaleureuse et souriante. Il était rationnel, et elle, ludique.

Il se rappela un jour être tombé sur une photo d'eux, quelques mois après leur mariage. Ils étaient identiques, seulement plus jeunes, et les ayant très peu connus ensemble, il s'était demandé de quoi ils avaient bien pu se parler. Tout ce dont il se souvenait était des cris, des larmes et des grincements de dents amers. Il ne pouvait pas s'imaginer qu'ils avaient pu être un couple heureux. Selon lui, cela avait dû être un mariage de raison. Le fils fixa un point dans la pièce et n'en démordit pas jusqu'à ce qu'il eût fini son repas.

Il se leva ensuite en s'excusant, comme le veut la politesse, et alla au salon. Il s'assit sur un grand sofa et s'alluma une cigarette. La maison était silencieuse, froide, comme son père. Il inspira une bouffée, et la recrachant, vit devant lui une horloge grand-père qui émettait le seul bruit dans cette maison, un cliquetis saccadé et agaçant. Il fronça un peu les sourcils, ses yeux devinrent durs et ronds, son visage se crispa en une moue lasse. À ce moment précis, sa mère lui manquait. Le jour de sa mort, une partie de lui était partie avec elle : sa joie.

♦ ♦ ♦

L'homme d'Église, tout de noir vêtu, entra dans la salle de classe, suivi des élèves. Il inspirait la peur et la crainte plus que le respect. Tous les sacres élaborés par les Canadiens français appuient cette thèse. Le vieil homme s'assit et ouvrit ses cahiers. Il se leva enfin pour commencer sa classe. Comme la tradition le voulait, les jeunes hommes entonnèrent leur prière en chœur. Édouard était assis à sa place habituelle. La classe du frère Simard se devait d'être silencieuse et attentive. Le vieil homme d'Église était acariâtre et sévère, et n'avait aucune réelle indulgence. L'homme au regard dur marchait de long en large, dans sa soutane noire, fixant ses élèves afin de déceler la moindre faute commise pendant la récitation du *Pater nostre*.

Ce ne fut pas le cas ce jour-là, mais certains jours, des malheureux se trompèrent et reçurent des coups de règle en bois sur les doigts. Après la prière, le vieux débuta sa classe d'arithmétique. La classe avançait et Édouard s'ennuyait, alors il ouvrit discrètement son cahier noir. À l'intérieur, il y dessinait tout ce qui lui importait.

Il y avait des dessins de sa famille, des figures de saints, des églises et des icônes religieuses, mais aussi des paysages, des ciels et des animaux.

Édouard avait un don pour le dessin. Il était capable de rendre les traits subtils et de créer l'illusion de la réalité. Dans les moments où l'ennui le gagnait, il ouvrait discrètement son cahier et s'y évadait. À quelques reprises, on le lui avait confisqué parce qu'il n'était plus attentif en classe, mais les enseignants le lui avaient toujours remis, même le vieux Simard, comme s'ils se disaient qu'on ne pouvait l'empêcher d'exploiter ce talent.

Par contre, il lui avait à plusieurs reprises reproché son caractère rêveur. Le temps passait incroyablement lentement dans la classe. Tous s'ennuyaient et n'écoutaient pas beaucoup, mais le père continuait, inlassable, son discours monotone. William arriva devant la porte de la classe. Il était nerveux. Il n'avait pas vraiment envie d'entrer dans cette classe pleine de garçons qui allaient le juger immanquablement. Et du fait qu'il était anglophone, il ne pourrait pas vraiment attirer les bonnes grâces de personne. Il ne pouvait pas s'empêcher de revoir l'expression stupéfaite du père directeur quand il s'était rendu compte de ses origines culturelles.

William se résolut à entrer. Il ne devait pas se laisser abattre; il avait le courage du condamné qui ne peut faire autrement. Il respira et prit l'air le plus détaché qu'il put prendre avant d'entrer. Une trentaine d'yeux se détournèrent de la torture mathématique pour le regarder entrer, et tout de suite, son angoisse s'évanouit. Il comprit qu'il n'avait jamais été de ce type sensible. Au fond de lui, il s'était créé de fausses peurs. Il se dirigea vers le père pour lui remettre son inscription officielle. Le frère lit à voix haute :

– William C. Drake fils.

Ce dernier répondit de son accent cassé :

– Exactement, monsieur.

Le frère le considéra du regard. Tout le monde faisait de même. Qu'est-ce qu'un Anglais venait-il faire dans une école canadienne-française?

– Mais c'est curieux, pourquoi n'êtes-vous pas allé à Riverside High School, si je peux me permettre? demanda le père, curieux.

– Je suis catholique, et ils ne prenaient pas les catholiques à cette école-là, répondit William.

Il avait un accent assez fort, mais il parlait bien. Il prononçait le *r* mieux que la plupart des anglophones, si ce n'est qu'il le rendait trop fort et sec, ce qui le trahissait. Le frère l'invita à s'asseoir de biais avec Édouard, en arrière.

Même si son nom, selon l'ordre alphabétique, aurait dû lui permettre de s'asseoir en face, le vieil homme d'Église ne voulait pas décaler tous les sièges de sa classe. Il était le seul Anglais de toute façon. Il lui serait facile de remanier ses notes. William se dirigea tranquillement vers un bureau au fond de la classe et s'y assit.

Tous l'observèrent telle une bête de cirque. Laprise et Duquette ne purent s'empêcher de passer quelques commentaires que William ne comprit pas bien. Le frère rabroua très vite les jeunes gens impolis avant de continuer sa classe. Édouard regarda William assez longtemps, caché derrière son bras. Son air détaché et las l'intriguait. L'Étrangeté de William piquait sa curiosité.

Lorsque William finit par le voir, il détourna le regard, comme effrayé de s'être fait prendre. Le cours continua bon train sans anicroche. William essaya de suivre du mieux qu'il pouvait. Mais il avait plusieurs obstacles à part la langue : il arrivait près d'un mois après le début des classes, et de plus, il n'avait jamais été un élève très studieux.

La cloche retentit dans un fracas strident et désagréable, sonnant l'appel du repas. Tous les garçons se levèrent, soulagés que la torture soit terminée. Enfin... pour la journée!

Dans les couloirs, des centaines de jeunes hommes sortirent des classes et firent claquer leurs souliers vernis sur le parquet lustré. Ils étaient tous vêtus de la même manière. Chemise blanche avec cravate, veston noir avec l'insigne du séminaire et pantalon gris. La cohorte se dirigea vers la cafétéria. La grande salle accueillait tous les élèves. Il y régnait une odeur de nourriture particulièrement forte et pesante. Toutes les exhalaisons se mélangeaient et y créaient une atmosphère lourde. Chaque niveau avait sa table, longue, et surveillée par un frère qui siégeait à l'une de ses extrémités.

Bien entendu, William devait s'asseoir à la même table que le frère Simard. Il alla chercher un cabaret, le remplit d'une masse immonde qui devait être des pommes de terre en purée et d'une viande beaucoup trop bouillie dans une sauce brune qui n'inspirait pas confiance, accompagnée de petits pois et d'un pain. Il fit un sourire amusé au cuisinier et chercha sa table. Il voulait absolument éviter le vieil homme. Il décida donc d'aller s'installer à l'autre extrémité de la table. Mais il ne vit pas Duquette étirant sa jambe au moment où il allait s'asseoir.

William faillit trébucher, mais seule son assiette dégringola de son cabaret. Il se retourna vers le jeune homme qui riait. Il le regarda, las, sans aucune agressivité, seulement condescendant. Le coup de la jambette! Quelle idiotie trop infantile pour des gens de leur âge…

– *Honnestly*, dit-il.

La bande de jeunes hommes le regardèrent, le défiant. Il n'était pas le bienvenu à leur table, et ils ne le laisseraient pas s'y asseoir. William les regarda, et sachant qu'il ne demanderait aucune aide aux vieilles soutanes (il avait tout de même son orgueil), prit son petit pain, seul survivant, et s'inclina, non pas vaincu, mais seulement aucunement intéressé à combattre ni à provoquer. Il se dirigea vers une autre porte, trouvant la principale trop loin. Il la poussa et sortit de la cafétéria pour se retrouver dans un couloir de casiers, où il trouva Édouard, assis dans un escalier. Il s'arrêta net et l'observa un instant. Il dessinait. Édouard leva les yeux et les replongea dans son cahier presque aussitôt, trop absorbé dans sa création. Il mangeait un sandwich maison.

– Je peux m'asseoir? lui demanda William.

Édouard releva de nouveau les yeux et l'observa un instant.

– Si on me voit avec un Anglais, ce sera pas trop bon pour mon image, dit-il.

William sourit, amusé par l'absurdité de la réponse du jeune homme.

– Alors tu fais partie de ces gens qui nous détestent. Qui t'a dit ça? Ton père?

Le narguant, il renchérit :

– Et en passant, je ne crois pas que manger avec moi puisse empirer ton image. Disons que de la part d'un garçon qui mange seul dans les escaliers, je trouve ça… un peu…

William s'interrompit et s'assit. Édouard était un peu vexé. Il avait compris l'allusion. Il se décida à ne plus adresser une parole à son voisin et se dit que si celui-ci le faisait, il irait manger dehors. Il n'avait pas besoin de quelqu'un pour venir troubler ses moments de solitude, où il évitait les railleries méchantes des autres. William entama son pain, sortit un livre de sa poche et se mit à lire. Édouard regarda du coin de l'œil le titre du livre et lut *Maria Chapdelaine*. Édouard fut tout de suite interpellé et brisa son serment.

— Tu lis *Maria Chapdelaine*? demanda-t-il, trouvant cela surprenant de la part d'un Anglais.

William hocha la tête, sans dire mot. Il le regarda et sourit.

— Quoi? Ça t'étonne?

Édouard lui sourit, franchement surpris, et changea d'avis.

— Ben… un Anglais qui lit *Maria Chapdelaine* peut pas être si mauvais que ça, dit-il en souriant.

Les deux se sourirent. William étira le bras :

— William.

— Moi, c'est Édouard, lui répondit-il en serrant sa main.

Ils retournèrent chacun à leur occupation première. Édouard le regarda de nouveau, comme pour l'analyser. Il le vit qui achevait déjà son pain, alors il eut un élan d'altruisme. Il avait un autre sandwich dans sa poche, enveloppé dans du papier, et il se disait qu'il pourrait le lui donner. Il hésitait. Il finit par se décider, sortit le sandwich de sa poche et le lui tendit.

— Tu peux pas manger juste un pain pour dîner, tu *tougheras* pas la journée. Tiens.

William le regarda, lui sourit franchement, touché par cette attention si sincère et en même temps enfantine. Il prit le sandwich et le remercia candidement. Il ouvrit le papier sous les yeux d'Édouard qui l'observait, satisfait de son geste et heureux de partager avec quelqu'un de son âge.

— Y'est au beurre de *peanuts* pis à'confiture de framboises.

William songea une demi-seconde à quel point il détestait le beurre d'arachides. Il allait presque décliner son offre et lui redonner le sandwich avant d'en prendre une bouchée, mais voyant la joie que procurait son geste à Édouard, il n'eut pas le courage de le décevoir. De toutes les personnes qu'il avait rencontrées depuis son arrivée à Chicoutimi, Édouard était le seul qui s'était montré gentil à son égard.

Il ne cherchait pas absolument des amis, mais il y a solitaire et seul! Alors il en prit une bouchée et poussa un gémissement de délice. Édouard, tout heureux, retourna à son dessin, sous le regard de William, qui était très intrigué par la candeur de son compagnon. Il était naïf et n'avait pas du tout vu son jeu, ce qui l'amusait gentiment. William finit même le sandwich. Il remercia de nouveau Édouard avant de le saluer et se dirigea vers la sortie.

Il voulait fumer une cigarette avant de retourner en classe. À l'extérieur, tandis qu'il fumait, il pensa à Édouard, si naïvement gentil, sans malice, et se prit à sourire.

Après la classe, Édouard enfourcha sa bicyclette et se dirigea vers le quartier du Bassin. Alors qu'il pédalait, il se demanda s'il avait envie d'aller rendre visite à la Racine. Il décida de faire un détour par là et de la descendre. La rue principale de la ville était de loin la plus animée et la plus exotique : les boutiques, les vendeurs, ses odeurs de nougats et de caramels, les films américains; toute cette vie et ce bourdonnement enchantaient Édouard, qui dévalait la pente à toute vitesse. Sur cette rue, tous les gens de la ville venaient se pavaner.

On y venait surtout le dimanche pour la messe à la cathédrale, mais après, la foule allait s'y promener, faire quelques achats, pour ensuite bifurquer vers le port. La rue marchande voyait les riches et les bourgeois y marcher sous le regard envieux de la masse pauvre. Par contre, il y avait une telle activité, une telle vie qu'Édouard s'y évadait. On y voyait aussi les jeunes se courtiser, et nombre de rencontres opportunes s'y produisirent. Édouard aimait descendre cette rue pour l'admirer. Il s'y sentait profondément vivant, pédalant toute sa jeunesse, sa fougue. Il salua une voisine de la main. Il passa la banque, la maison Lévesque et arriva dans le quartier du Bassin.

♦ ♦ ♦

Le mois d'octobre était arrivé très vite. La saison de hockey commençait à peine, et comme dans les moments de fêtes, le frère de Louis, Joseph, et sa femme Adeline, étaient venus souper chez les Tremblay avec leur petite famille. Louis avait aménagé, à la cave, une pièce exclusivement réservée aux hommes. Dans son établi, il avait installé quelques chaises autour d'une radio usagée trouvée dans les vidanges, qu'il avait rafistolée de ses mains.

Ce soir-là, le souper était mouvementé. On parlait fort; les cousins et les cousines, les enfants et les parents. C'était un souper familial où tout le monde s'amusait. La tante Adeline, grosse bonne femme rougeaude, avait entendu parler du nouvel ami d'Édouard.

– Alors, mon petit Édouard, ta mère me contait l'aut' jour que tu t'es fait un ami anglais?

Édouard sourit à la pensée de William. Il était son seul compagnon d'école et son seul ami. Depuis leur rencontre, ils avaient mangé tous les jours ensemble, assis dans ces marches.

– Ben oui, y se tient avec des Anglais, rétorqua Louis, un peu insulté.

– Y'est ben correct, son père. Vous saurez qu'y a pas mal de culture. Y lit des livres en français pis y'a toujours été correct avec moi.

Se retournant vers sa tante, il continua :

– Ouais, y s'appelle William. Y vient de Montréal.

– C'est bizarre, non? Un Anglais dans une école française… renchérit sa tante.

– Y'est catholique comme nous aut'… C'est pour ça, dit Édouard.

Béatrice se porta à la défense de son fils. En effet, William semblait très important à ses yeux. Il était son seul ami et le seul fait qu'il fût anglais ne justifiait pas qu'on le fustigeât gratuitement.

– Ben si c't'un catholique, y'est correct, c'est sûr.

Béatrice faisait partie de ces gens pour qui l'origine culturelle était moins importante que la religion pratiquée. Elle se leva pour commencer à desservir, Cécile la suivit.

– J'vas t'aider, Béa… dit Adeline.

– Un Anglais. Ben j'te dis, moé… dit l'oncle Joseph.

Édouard ne les prenait pas vraiment au sérieux. Il voyait bien qu'à travers leur ton, ils n'avaient aucune réelle animosité. Ils blaguaient. Ils étaient de ces Canadiens français qui avaient plus peur des Anglais qu'ils ne les détestaient. Ainsi, dès qu'un *ennemi* leur démontrait de la gentillesse ou encore de l'égard, ils le traitaient comme leur égal. Après le renversé aux framboises, on continua de parler du pays et de la guerre passée. Les femmes se retrouvèrent ensemble à parler de leur côté et les hommes du leur, comme si des aimants les avaient séparés de manière totalement naturelle. Les enfants, quant à eux, avaient enfilé leurs mitaines et leurs petits manteaux pour aller profiter de la nature encore clémente. L'heure du hockey approchait, alors Louis et Joseph se levèrent, accompagnés d'Édouard et du cousin Joachim. Louis regarda le petit Napoléon, qui n'était pas sorti, et lui dit, comme en le narguant :
– Tu viens pas?

Le petit de douze ans était invité pour la première fois, marque de considération très importante pour lui, puisque cela signifiait que son père le considérait désormais comme un homme. Les yeux du petit s'illuminèrent et il accepta joyeusement.

– Excusez-nous nos belles femmes, ça va être l'heure bentôt... dit Joseph sur le même ton que son frère.

On aurait dit quelquefois qu'ils étaient identiques, avec la même physionomie, la même voix. Les seules choses qui les distinguaient étaient l'âge et les cheveux. En effet, Louis était le cadet des fils, et il était blond, tandis que son frère, plus vieux, avait les cheveux plus foncés. Toute la cohorte masculine se dirigea vers le sous-sol, caisse de bière à la main. Cet antre masculin était le fief de Louis.

Toutes les autres pièces appartenaient à la famille... ou à sa femme. Béa était une femme forte, et bien que le mari représentât le pilier de la famille, elle menait en reine dans sa maison. Lorsqu'il se retrouvait dans son sous-sol, Louis s'évadait des tracas de la vie quotidienne. Pour y entrer, on devait ouvrir la petite porte de bois grinçante dissimulée en dessous de l'escalier principal. Là, on descendait un vieil escalier de planches sèches n'ayant jamais connu de balai.

Les hommes le descendirent. Louis alluma l'ampoule d'un geste habitué. L'unique lumière, qui tombait de l'ampoule accrochée au plafond, éclairait la pièce étroite et embourbée. Des tables recouvertes de boîtes sentant l'humidité meublaient l'espace. Un vieux calendrier sur le mur indiquait 1945. Il était accompagné de quelques images disparates de voitures et de bonbons. Quelques chaises, disposées en cercle près de la précieuse radio, en dessous de l'ampoule, invitaient à s'asseoir.

C'était là que la magie et les crépitements de l'appareil réchauffaient le sang dans les veines engourdies par le froid. Louis s'assit sur sa chaise, face à la table qui accueillait la précieuse radio. Il sortit une bière, en offrit à chacun de ses convives, sauf à Napoléon. Édouard, assis entre son père et son cousin, les observait, les écoutait parler, blaguer, dire des vulgarités qu'ils n'osaient dire devant les femmes. Édouard aimait ces réunions. Il ne disait presque rien, mais il se sentait plus près de son père dans ces moments. Louis ouvrit la radio et chercha la bonne fréquence. Il tourna longtemps le petit bouton gris avant d'entendre une voix résonner. Lorsqu'il trouva enfin, il fut acclamé par des cris de joie. La partie commença. Tous parlaient et étaient complètement emportés par la partie, sauf Édouard, qui n'aimait pas beaucoup le hockey.

Malgré son manque d'intérêt pour les sports, Édouard aimait se retrouver là et voir son père et son oncle agir presque en enfants. Ils parlaient fort, riaient et se fâchaient contre l'annonceur lorsque le suspens était trop long. Ce moment n'était pas réservé seulement au hockey, il était réservé aux hommes. C'était leur domaine. Les femmes possédaient la cuisine, les chambres, le salon, tandis qu'eux n'étaient réellement maîtres que dans ce petit sous-sol sale et plein d'outils.

Les femmes, elles, placotaient en haut, sachant très bien qu'après cette soirée, elles auraient un mari saoul dont elles devraient s'occuper. Lorsque la partie s'acheva, Édouard n'avait même pas bu sa bière. Il n'en aimait pas beaucoup le goût mais la sirotait, satisfait de se sentir adulte. Son père et son oncle, eux, avaient passé à travers deux petites caisses et étaient devenus très rouges. Ils durent s'aider pour monter les escaliers. Leurs femmes respectives les accueillirent gentiment, sans broncher, habituées de les voir dans cet état. Adeline réunit les enfants, les habilla et salua Béa, qui était occupée à soutenir Louis, que l'alcool avait rendu très affectueux.

Adeline tituba jusqu'à la voiture, dont elle serait la conductrice ce soir-là, y fit monter les enfants, son mari, s'installa au volant et quitta pour rentrer chez elle. Chez les Tremblay, on se prépara à aller dormir paisiblement après le début d'une nouvelle saison de hockey prometteuse.

♦ ♦ ♦

Ce vendredi-là était pluvieux et plutôt froid. L'hiver s'annonçait et d'immenses nuages gris enveloppaient la ville. Comme d'habitude, Édouard alla rejoindre William pour dîner. Leur amitié s'était développée depuis leur première rencontre et ils étaient maintenant bons amis. Comme prévu, Édouard subissait de nouvelles railleries de la part de ses camarades de classe, mais il ne pouvait renier son seul ami dans le seul but de plaire aux gens qu'il méprisait le plus! Ce midi-là, William était déjà assis et mangeait lorsque Édouard fit son entrée.

– Salut! dit-il.

– Hey, comment ça va? répondit William, content de le voir.

William le regarda un instant en souriant. Édouard se sentit un peu mal à l'aise sous le regard de son ami. Il parla comme par obligation.

– Alors, t'es prêt pour l'examen de français?

William cessa de sourire et se renfrogna.

– C'est trop *tough,* je ne le passerai pas, je suis sûr.

– Ça va aller… Fais-toi-z-en pas avec ça, lui dit Édouard, réconfortant.

William n'avait aucunement envie de parler de ses déboires scolaires. C'était la première fois qu'il étudiait strictement en français, mais ses piètres performances, non pas qu'il se souciât de ses résultats scolaires, son avenir étant déjà assuré par la fortune de son père dont il hériterait, le faisaient se sentir médiocre. Il s'empressa de changer de sujet, harassé.

– Hey, mon père va à Québec pour un mois. Aimerais-tu venir chez moi samedi soir? Une maison libre de parents… demanda William.

Édouard réfléchit un peu. Jamais il ne lui était arrivé de n'être sous aucune surveillance adulte.

– Ben oui, j'suis jamais allé chez vous. Ça va être la première fois qu'on fait quèque chose en dehors de l'école, dit-il, enthousiaste.

– C'est qu'on va faire? demanda-t-il.

William répondit franchement, l'œil allumé :

– Mon père a beaucoup de bouteilles d'alcool. J'ai des disques de jazz américains. On pourrait passer une bonne soirée, dit-il secret.

Édouard le regarda, un peu intrigué, mais en même temps intimidé.

– Ouais… J'aime pas ben gros l'alcool, mais si c'est pas d'la bière, ça va p't-être être meilleur.

– C'est très bon, tu verras, t'as juste à venir vers huit heures.

Édouard acquiesça de la tête.

Il se tut. Il y avait des silences entre eux. Très longs. Comme s'ils ne savaient pas quoi dire. Alors William se mettait à lire et Édouard se mettait à dessiner. Ce n'est pas qu'ils ne voulaient pas se parler, c'était qu'ils éprouvaient un malaise à se retrouver ensemble. L'heure avança et la cloche finit par retentir, annonçant le début d'une nouvelle classe. Les deux amis se séparèrent sur un simple salut.

Bientôt huit heures. Édouard enfourcha sa bicyclette et s'aventura dans le quartier adjacent à l'hôpital. Il n'avait jamais pénétré les rues. La plupart du temps, lorsqu'il s'était rendu dans le coin, c'était pour rendre visite à sa mère, ou à une sœur ou un frère hospitalisé. Les sœurs qui s'occupaient de l'hôpital les connaissaient bien. Elles avaient souvent allumé des lampions pour cette famille si durement endeuillée. Elles avaient, à plusieurs reprises, invoqué Saint-Antoine et Saint-Jude pour qu'ils leur viennent en aide. Sans doute leurs prières les soutinrent-elles. Édouard contourna l'hôpital et se mit à ralentir.

Cette fois-ci, il avançait lentement dans les rues, intimidé par la richesse des maisons aux alentours. Tout ce luxe s'étalait devant lui telle une insulte à ses origines prolétaires et pauvres. Il sentit un énorme poids sur ses épaules et devint nerveux. Il n'appartenait pas à ce monde et il ne pensait pas que William aurait voulu aller dans sa modeste maison. Peut-être était-ce lui au fond qui se jugeait? Il reconnut la maison par l'adresse. Il entra dans la cour et plaça sa monture rouge sur le flanc de la maison.

Lorsqu'il sonna à la porte, il eut un frisson. La peinture sur les murs était parfaite, non pas écaillée comme celle posée sur sa maison, et les briques rouges lui faisaient peur par leur austérité naturelle. William ouvrit la porte, en chemise, le col ouvert, avec un verre à la main. Il salua son ami avec un large sourire et l'invita à entrer. Si l'extérieur l'intimidait, l'intérieur n'avait rien pour le rassurer. Il pénétra timidement dans la demeure victorienne. Il y faisait chaud. Beaucoup plus que chez lui, même en plein hiver. Une chanson en anglais jouait. Édouard marchait lentement, comme en état de choc. Les tableaux aux murs, les boiseries, le velours, le lustre, les tapis anciens. Que faisait-il là? se dit-il. William remarqua l'air de son ami, mais ne voulant pas le mettre encore plus mal à l'aise, ne dit rien et prit son manteau, qu'il accrocha à une patère de métal noir. Il l'invita à le suivre dans le salon.

— Assieds-toi… dit William, lui montrant un canapé style fin 19e.

Édouard s'y assit et continua d'investiguer les lieux du regard. Tout était tellement propre, stylisé et beau… Il se sentit plus misérable que jamais. Alors William revint du petit bar, un verre vide à la main, avec une bouteille de cristal pleine d'un liquide brun clair.

— Cognac, tu aimes? demanda-t-il à Édouard, voulant lui faire oublier au plus vite son malaise.

— J'en ai jamais bu. J'sais pas… dit-il.

Il lui tendit un verre. Édouard en huma le contenu et prit une petite gorgée. Au début tout allait bien. C'est après, lorsque la sensation de chaleur envahit sa gorge, qu'il se mit à toussoter.

— Wow, c'est fort! dit-il, surpris.

— Tu vas t'habituer. Moi, j'adore! dit-il, prenant un air blagueur.

William s'assit à côté de lui, tira une cigarette d'un porte-cigarettes placé sur la petite table de bois verni et l'alluma aussitôt. Il prit une longue bouffée et la recracha en un long filament bleuté au-dessus de sa tête. Lorsqu'il regarda Édouard, il le vit tout gêné, les épaules basses, ne bougeant pratiquement pas, comme s'il avait peur de briser quelque chose par sa seule présence. Le silence pesait. William le regardait, alors que son ami faisait tout pour éviter son regard, ne voulant pas montrer son embarras, ce qui ne fonctionnait évidemment pas. Édouard ne se sentait pas vraiment bien, alors il but.

Il s'habitua assez vite à la boisson, si bien qu'il en redemanda bientôt un autre verre… et un autre. Son alcoolémie croissant, sa gêne diminuait et il devenait volubile. William fut content de le voir revenir à un état… presque normal. Édouard devenait chaud. William ne parlait presque plus, envoûté par les paroles de son ami.

Il l'écouta lui parler de sa mère, de leur misère, et William fut très touché par la sincérité de son ami. Il lui parlait avec franchise, sans apitoiement sur leur misère et sur leurs malheurs, mais avec honnêteté, comme pour purger sa gêne devant la richesse de son ami. Il narra les nombreux décès dans sa famille, les pertes d'emplois de son père et pour la première fois, il se montrait tel qu'il était à son ami. Édouard parlait et parlait. Il ne se rendait même plus compte de la présence de William. Toute sa vie défilait comme dans une thérapie. Et soudain, il s'arrêta, ayant oublié ce dont il venait tout juste de parler et se tourna vers son ami qui le regardait fixement, l'air sérieux, accoudé sur son bras.

– Quoi? dit Édouard. Désolé, je parle tout seul… dit-il, mal à l'aise, beaucoup plus à cause du regard de son ami que de son discours.

– Non, t'excuse pas! dit William attendri.

La chanteuse noire continuait de crier ses paroles inintelligibles pour Édouard, mais eux s'étaient tus. Édouard n'aimait pas ce silence, alors il continua.

– Ça, c'est sans parler de l'école… dit-il.

Il se leva pour imiter le frère Simard, prenant la même posture et imitant sa voix.

– Le vieux Simard… Y'est tellement fatigant! « Sortez de la lune, monsieur Tremblay. Sinon vous ne ferez pas mieux que votre père! »

William se mit à rire. Son imitation du frère était juste…

– « Mais ce n'est pas du tout ça, monsieur Tremblay… Vous manquez de rigueur au travail. Vous devez savoir votre *Pater nostre* par cœur… Et le Gloire au Père! » disait Édouard en marchant comme l'homme d'Église.

Mais, affecté par l'alcool, il trébucha et se frappa la tête sur l'appuie-bras d'un fauteuil. William rit encore plus. Son ami s'assit sur le sol en se frottant la tête et en riant à moitié lui aussi.

– L'alcool, ça me fait pas, faut croire.

William s'assit à côté de lui en riant.

– Montre-moi, dit-il.

Édouard enleva sa main avec peine. Il avait une légère prune. William souleva une mèche de cheveux pour mieux voir.

– C'est rien, dit-il en embrassant la blessure d'Édouard.

Il l'embrassa assez longtemps. Édouard resta interdit, pétrifié. Il ne comprenait pas vraiment ce qui se passait.

– Qu'est-ce tu fais? dit-il, visiblement ébranlé.

William était lui aussi affecté par l'alcool et s'était laissé emporter par la situation et son attirance pour Édouard.

– Rien, dit-il, orgueilleux.

Le disque était fini et sautait. Les deux, assis l'un à côté de l'autre, ne disaient rien. Il y avait une tension palpable.

– Le disque est fini, dit Édouard sur un ton grave.

William acquiesça et se leva pour aller le changer. Alors qu'il approchait du tourne-disque, Édouard se leva. Il devait sortir, absolument. La vue de son ami lui était à cet instant précis insupportable. Mais qu'est-ce qui lui avait pris? Pourquoi avait-il posé un geste de la sorte?

– Je dois partir, dit-il à la hâte en marchant rapidement vers la patère.

– Déjà? dit William, déçu et comprenant ce qui se passait.

Édouard dit un oui hâtif et quitta sans même le regarder. William resta seul, avec ses regrets, fâché contre lui et se trouvant incroyablement stupide. Il éprouvait des sentiments très forts envers Édouard et maintenant, il avait commis une erreur qui pourrait le priver de sa présence. Il se maudit un court instant en anglais, se servit un autre verre et s'assit sur le canapé.

Édouard, quant à lui, faillit tomber en descendant le petit escalier de la maison Drake. Il prit difficilement sa bicyclette, y monta tant bien que mal et pédala le plus vite qu'il put. Il était confus. Toute la scène repassait dans sa tête. Il sentait sa gorge serrée, son cœur qui battait vite. Il n'aurait pas pu dire si c'était à cause de l'alcool, de la bicyclette ou de l'incident récent. Il arriva chez lui sous la lune presque pleine, il remisa sa monture, le visage grave. Il était troublé. Il regarda la lune. Le vent froid lui fouettait le visage. Les carillons chantaient une chanson morbide, lente et effrayante. Était-ce possible?

♦ ♦ ♦

Une semaine s'était écoulée depuis le baiser et Édouard n'avait pas adressé une parole à William. Il ne s'était pas présenté à leurs rendez-vous quotidiens et ne le regardait plus ni ne lui parlait en classe ou dans les corridors. Si personne n'avait su, on aurait cru qu'Édouard n'avait jamais connu William.

Ce dernier se doutait qu'une pareille chose pouvait arriver. Cependant, sous l'influence de l'alcool, ses pulsions l'avaient emporté. Il était attiré par Édouard. Il aimait sa candeur, sa gentillesse naïve, sa bonté toute naturelle qui tendait vers la bonasserie. Il lui plaisait et maintenant qu'il s'en était entiché, il avait tout gâché.

Il souffrait de la soudaine indifférence de son ami, mais ne pouvait pas réellement lui en vouloir. Son père le détestait à cause de ses penchants et il avait dû affronter des violences physiques en ville pour s'être trompé sur une personne. Édouard avait désormais un pouvoir important sur lui, mais il ne s'en servait pas pour lui nuire. De cela, il lui était reconnaissant, mais il avait une rancœur, celle du mal-aimé, la déception d'avoir pensé que quelqu'un partageait le même sentiment que lui alors qu'en fait, c'était faux. William décida de ne pas le relancer. Trop dangereux. Il se résigna très vite. Il avait une capacité de survie semblable à celle des animaux. Il évoluait avec son milieu et changeait selon les obligations ou les obstacles qu'il rencontrait. Sa mère, elle, ne lui en avait jamais voulu. Elle l'avait aimé tel qu'il était et avait accepté ses amis chez elle. Cela avait été une des causes du divorce de ses parents. William père voulait faire interner son fils. Sa mère s'y était fortement opposée, et bien qu'ils ne vivaient déjà plus ensemble, le conflit solda leur mariage.

La semaine étrange avait fini par finir. Édouard était en état de choc. Il ne cessait de revivre la scène, encore et encore. Il en était obsédé. Il cherchait à comprendre. Il était tiraillé et ne savait plus que faire. La seule manière qu'il trouva pour s'en sortir fut d'ignorer totalement et unilatéralement William, l'instigateur de ce sentiment étrange. Le stress lui était insoutenable à l'idée de devoir lui parler... ou plutôt, à l'idée d'avoir à l'affronter.

Cependant, il n'arrivait pas à chasser l'idée de son esprit. Sa famille, s'étant bien rendu compte qu'il avait bizarrement agi toute la semaine, s'était informée auprès de lui, mais Édouard n'avait rien dit. Il avait mis la faute sur ses examens, particulièrement durs selon ses dires. Le samedi soir, alors qu'Édouard venait à peine de finir de manger, il vit qu'il était presque huit heures du soir. Il était près de craquer. Il ne savait plus quoi faire. L'horloge semblait ralentir et même reculer parfois. L'odeur grasse et chaude du lard bouilli lui montait au nez, relent du souper. Il étouffait. Il se leva, nerveux, marcha de la cuisine au salon et du salon à la cuisine en tapotant ses cuisses de ses mains. Il sentit qu'il faiblissait. Ses forces s'amenuisaient et l'idée finit par se frayer un chemin. Tout se précipitait dans son esprit : l'alcool, la chute, le baiser... encore et encore. Il ne comprenait pas. Il ne savait pas ce qui lui arrivait. L'idée s'imposa. Il devait le voir. Il prit son manteau, dit en vitesse qu'il allait chez William et disparut en un coup de vent. Il enfourcha sa bicyclette et se mit à pédaler tel un déchaîné.

William était seul chez lui. La bonne, après le souper, était partie. Assis sur son canapé, il buvait seul, en fumant. Il était songeur. Parfois il se perdait dans ses pensées; tellement qu'à son réveil, sa cigarette n'était plus qu'un bâtonnet de cendres chaudes. Une chanteuse noire crépitait au contact du diamant sur le disque, mais William ne l'entendait pas. Il était loin, si loin, perdu dans un monde froid et solitaire.

Il revoyait le visage de sa mère, revoyait Édouard et alors secouait sa tête, comme pour le sortir de son esprit. Il l'aimait, malheureusement pour lui. Il n'avait jamais vraiment connu quelqu'un avant lui. Il avait eu des amants, mais personne ne l'avait touché comme lui. La sonnerie retentit, l'extirpant de ses songes. William, tout dépeigné, la cravate à demi détachée, col ouvert et chemise sortie, ouvrit la porte, l'air las et découragé, pour y découvrir une surprise.

Édouard le salua, fuyant son regard. Il le laissa entrer, ne comprenant pas vraiment, se disant que son ami éprouvait sans doute de la pitié à son égard. Édouard manquait de courage. Il alla directement à la bouteille de cognac sans même enlever son manteau.

Il prit un verre cul sec, puis un deuxième, et s'en servit un dernier. Il se tourna vers William, de nouveau assis, et alla s'asseoir à côté de lui sur le canapé. William fumait sans le regarder, l'air perdu. Il fit danser sa liqueur dans son verre et le but. Ils étaient tous deux silencieux. Édouard lui lançait de petits regards furtifs et se détournait aussitôt. Il aurait voulu lui parler mais ne savait pas quoi dire.

– Que veux-tu? demanda William, agacé par la présence de l'autre.

– Ben… savoir comment t'allais? dit Édouard.

– Tu m'as ignoré toute la semaine, dit William en se levant. J'aimerais mieux que tu *pars*.

Édouard remarqua tout de suite l'erreur de son ami et le corrigea.

– Que tu *partes*. J'aimerais mieux que tu *partes*. C'est un subjonctif, dit-il, gêné, se rendant compte qu'il le corrigeait alors qu'il n'allait visiblement pas très bien.

– *Whatever!* dit William, irrité.

Il alla se placer devant une fenêtre près du tourne-disque et écarta un peu le rideau pour jeter un coup d'œil à l'extérieur. Édouard, se sentant mal à l'aise, se leva et décida qu'il devait changer la musique, la trouvant trop déprimante.

– C'est ben trop déprimant ça… Y faut quèque chose de plus vivant.

Alors qu'il allait toucher le disque, William se détourna et arrêta agressivement la main d'Édouard, l'en empêchant.

– NON! cria-t-il. C'est une chanson que ma mère aimait beaucoup. Touche pas. Je ne veux pas que tu abîmes le disque.

Alors que William lui serrait encore le bras, Édouard vit que celui-ci, le regard bas, pleurait silencieusement.

– J'suis… j'suis désolé… J'voulais pas, dit-il, touché, la voix tremblante.

William le laissa aller et retourna à sa fenêtre la tête basse. Édouard était très confus. Il tremblait encore. Il n'avait jamais vu William comme cela, si fâché et si peiné. Il resta interdit, figé un moment, pétrifié par la peur et ce sentiment étrange. La situation le déconcertait totalement. Ses sentiments confus, mélangés à l'alcool, le terrorisaient. Attendri, il eut le mouvement de lui caresser la nuque qu'il arrêta vitement. Ce qu'il vivait, ses émotions, le tourmentait. Il était perdu. Il eut à nouveau un élan vers lui mais ne pouvait se résoudre à le toucher.

Il étira lentement la main, son front se crispa et sa respiration s'accéléra pour devenir haletante. Il était à deux doigts de sa nuque et, le cœur battant la chamade, la toucha doucement. Il la caressa lentement. William ne se détourna pas. Il était lui-même surpris. Il respira plus vite. Édouard était tellement touché par la peine de son ami qu'il ne savait plus où il en était. Soudain, il retomba sur terre. Que faisait-il? Seigneur!

– Je dois partir, lança-t-il, en enlevant sa main comme si elle le brûlait.

William se détourna pour le voir disparaître une fois de plus, cette fois-ci troublé lui aussi. Il le vit sortir, monter sur sa bicyclette et pédaler comme un déchaîné. Édouard ne pouvait pas faire cela. Non, non, non! Il fallait le sortir de son esprit, le purger, le nettoyer…

Il arriva chez lui haletant. Il ne prit même pas le temps de remiser sa bicyclette, il la laissa tomber devant la galerie. Il entra chez lui, monta les escaliers à grandes enjambées et rendu dans sa chambre, il prit son chapelet et s'agenouilla au pied de son lit. Il se mit à prier à haute voix. Le petit Napoléon se réveilla, dérangé par le bruit.

– Qu'est-ce qui se passe? dit le petit tout somnolent, encore dans ses rêves.

– Rien. Rendors-toi, dit son frère.

Il continua ses prières. Il priait et priait, mais au lieu de voir les anges comme d'habitude, il voyait les yeux de William en pleurs. Alors, lui-même, à bout de nerfs, essayant de chasser cette image de son esprit mais n'y arrivant pas, se mit à pleurer en silence. Il laissa tomber sa tête sur son lit et étouffa son sanglot dans son matelas pour ne pas réveiller son petit frère à nouveau.

Ce lundi matin-là, dans la classe du frère Simard, quelque chose changea à tout jamais. Alors que le vieil homme donnait sa classe ennuyeuse, William, assis à sa place, désireux de parler à Édouard comme jamais, le regardait. Il pouvait le regarder sans gêne, sans que quiconque ne le vît. Il était assis à l'arrière, et lorsque le frère enseignait, il parlait au tableau! Alors il s'accoudait sur son bureau et regardait le dos d'Édouard. Il était hypnotisé. Obnubilé. À un moment donné, William vit Édouard se détourner tranquillement, la tête cachée dans son bras, appuyé sur son bureau. Ses yeux longèrent longtemps le plancher devant lui. Alors, Édouard leva doucement les yeux vers William et lui lança un regard discrètement révélateur. Il le fixa, longtemps, vérifiant de temps en temps que personne ne le voyait, et il revenait toujours à William. Ils ne disaient rien, mais pourtant se disaient tout!

Ce midi-là, William n'avait pas relancé Édouard. Il ne savait pas très bien quoi faire, aucunement habitué à ce genre de chose. Il avait connu des gens de manière beaucoup plus directe. Édouard le troublait. Il l'avait regardé pendant presque une heure. William s'assit dans l'escalier du couloir adjacent à la cafétéria et se mit à lire, songeur, lorsque la porte s'ouvrit. C'était Édouard. Ce dernier s'assit à côté de William sans le regarder. William ne pouvait détacher son regard du jeune homme. Il était complètement chamboulé. Édouard, à l'autre bout de la marche, sortit de sa poche un livre qu'il se mit à lire.

William était envoûté. La timidité de son ami le séduisait à fendre la marche en deux et lui provoquait une émotion forte et puissante qui se déchaînait dans sa poitrine. Il s'approcha d'Édouard, qui se mit à haleter. Il s'approcha lentement, mais sûrement. Alors qu'il arrivait à ses côtés, il sut qu'il devait y aller lentement. Il devait l'apprivoiser. William étira la main et se mit à caresser la nuque d'Édouard. Ce dernier commença de trembler. Il ne lisait plus, mais gardait les yeux dans le livre.

Les pages tremblaient avec lui et transpiraient sa timidité. Sa respiration était de plus en plus forte, alors que William était totalement calme. Il l'admirait contemplativement en continuant son mouvement de manière gracieuse. Édouard finit par fermer le livre, ainsi que ses yeux, alors que William continuait de caresser sa nuque en la grattant doucement. Ils restèrent ainsi un bon moment en union imparfaitement parfaite. William le dévorait des yeux alors qu'Édouard s'y refusait encore.

Ce dernier ouvrit les yeux, et dans un mouvement ralenti, tourna son regard vers celui de William, et alors, leurs yeux s'embrassèrent, échangeant plus qu'une parole ne le pourra jamais. Leurs paupières ne se fermaient pas, comme si cela avait pu briser quelque chose de façon irrécupérable. Les yeux d'Édouard avaient une expression de désir mêlé de peur et de nostalgie.

Ils étaient hors du temps et de tout lieu, seuls au monde, assis sur les marches quand soudain, la porte s'ouvrit. Les deux jeunes hommes se séparèrent vitement, mais le concierge restait sur le pas de la porte, parlant à quelqu'un dans la cafétéria. Cet événement les obligea à se séparer. Après ce midi, ils se laissèrent ayant changé, sachant qu'ils ne seraient jamais plus innocents comme avant.

Ce soir-là, après le souper, Édouard, qui était resté silencieux tout le long du repas, s'était précipité à l'extérieur dès qu'il avait été libre de devoirs et de besogne. Depuis deux semaines, ses parents s'inquiétaient de le voir si étrange. Ils ne savaient pas pourquoi leur fils agissait de la sorte, et comme il ne voulait pas leur en parler, ils restaient dans le brouillard. Édouard se dépêcha afin d'arriver au plus vite chez William. Il sonna à la porte et la bonne lui répondit. Elle l'emmena au salon, où il s'assit, anxieux. La bonne disparut un instant pour réapparaître aussitôt, suivie de William. Il était souriant, content de le voir.

— Alors… dit William amoureusement.

Édouard allait parler lorsqu'il vit que la bonne ne s'en allait pas. Elle nettoyait la pièce.

— Est-ce qu'on peut se parler en privé? dit-il, embarrassé, regardant la bonne.

William comprit. Il invita son ami à le suivre et tous deux gravirent les marches avant de s'engouffrer dans un salon au deuxième étage. Édouard s'assit sur un canapé et cacha sa tête entre ses mains. Il frottait son visage et passait sa main dans ses cheveux dans un mouvement frénétique qui bientôt le dépeigna. William le regardait, ne comprenant pas très bien la réaction de son ami, mais se doutant de ce qui lui causait ce malaise.

– Qu'est-ce que tu as? demanda-t-il candidement.

Édouard le regarda, le regard en peine et le front crispé, les deux mains abattues et tombantes. Il se mit à parler sur un ton suppliant :

– J'sais pus quoi faire. Tu me tourmentes. J'arrive pus à prier. Avant, je priais pis je parlais aux anges, mais là, t'es toujours là. Dès que je ferme les yeux, t'es là. Tu me tortures l'âme…

William voyait la panique dans les yeux de son ami et se rendait bien compte qu'il délirait un peu. Alors il s'approcha de lui, se mit à ses genoux et mit sa main sur sa bouche pour le faire taire.

– Chut, chut… dit-il d'un ton rassurant en souriant doucement.

– Calme-toi.

Il le regarda avec des yeux doux et gentils qui rassurèrent un peu Édouard. De son pouce, William lui caressa la lèvre inférieure. De ce petit mouvement, il commença de lui flatter la joue de l'autre main. Il parla ainsi, envoûté :

– J'ai jamais vu quelqu'un comme toi. Tu es tellement beau, tu m'émerveilles.

Et alors, ses yeux devinrent graves, presque sévères, et il dit lentement, détachant chaque syllabe :

– Tu es… ma…gni…fi…que.

Il le répéta, cette fois-ci de façon à peine audible, tombant en soupir contemplatif, le regard attendri :

– Magnifique…

Édouard le regardait, si sincère. Toute son angoisse s'était évanouie. Plus aucune nervosité. Que William. Il n'y avait plus que lui au monde en cet instant très précis. William glissa sa main de sa joue à son menton, le caressa du pouce et de l'index et l'approcha doucement.

Leurs lèvres se frôlèrent tout d'abord timidement, mais William le pressa contre lui plus fort et l'embrassa vraiment cette fois. Édouard n'avait jamais embrassé quelqu'un. C'était la première fois. Le goût de la salive d'une autre personne ne lui était pas particulièrement agréable, mais sans savoir pourquoi, il en voulait plus, toujours plus… Comme le cognac! Cette chaleur qui provenait d'une autre personne était enivrante et réconfortante. Il sentait son cœur battre dans sa poitrine et son corps se réchauffer, ses mains allaient et venaient de son cou à son visage.

Personne ne l'avait caressé ainsi. Il se sentit si bien qu'il aurait souhaité que ce moment ne finisse jamais. Alors, William descendit la main à son ventre, et bientôt plus bas. Édouard paniqua et l'arrêta, la voix haletante.
— Non, j'veux pas, dit-il.
William, compréhensif, ferma les yeux et colla son front sur le menton de son ami.
— Okay.
Ils s'enlacèrent et s'étendirent sur le canapé. Là, ils dormirent ensemble. Édouard était saoul, de chaleur et de bien-être. Il dormait à poings fermés quand William se réveilla. Il le regarda dormir longtemps, hypnotisé. Il caressait son visage et le contemplait comme une œuvre d'art.

◆ ◆ ◆

Le mois de novembre avançait. L'hiver s'installait lentement, mais de plus en plus sérieusement. Les neiges se faisaient plus épaisses et les jours plus courts. Lorsque William C. Drake père fut revenu, il apprit, de la part de sa bonne, que son fils s'était fait un ami… particulier. L'homme n'était pas surpris, mais avait cru bon d'avertir son fils. Au souper, les deux hommes se retrouvèrent dans la salle à manger :
— *Son, I have something to tell you*, dit-il.
— *Yes sir*, répondit William.
— *I won't be there in December. I have to go back in Quebec city. You'll have to stay alone again.*
— *There's no problem sir. I am used to it*, répondit William, aucunement surpris.
Le père s'arrêta net et fixa son fils d'un air sévère. William finit par cesser de manger.
— *It has been brought to my conscience, son, that you haven't lost all your habits yet, even the worse of them.*
William comprit les allusions et sourit de manière sarcastique.
— *So, this is the point of all this…*

– No, if I'm telling you this, it's just so you know that you shouldn't fall for all your passions, and also, to be careful here. You're not in Montreal anymore, you're in the country. Your filthy costumes could offend people more than you could think, dit le père sèchement.

William se détourna alors vers son père et le regarda froidement.

– It's understood, sir! dit-il avant de se lever et de quitter la table.

Il gravit les marches de l'escalier à grandes enjambées. La vieille pie lui avait tout raconté et à nouveau il se retrouvait dans une situation difficile. Pour qui se prenait-elle? La Sainte Mère de la Vertu? Vieille garce, pensa-t-il. Et puis non, ce n'est pas à elle qu'il devait en vouloir mais à son père. C'était lui le vieux bloc de marbre froid…

Pendant ce temps, William le père continuait de mâcher son repas, impassible. Il mastiquait mécaniquement. Il savait que dans l'adversité on devait innover et ne pas avoir peur de blesser.

◆ ◆ ◆

Lorsque Édouard annonça à sa mère que William allait être seul pour Noël, elle comprit tout de suite qu'il voulait l'inviter. La femme en glissa un mot à son mari, tout en le rassurant. Louis ne semblait pas chaud à l'idée de recevoir cet Anglais. Il tolérait l'amitié de son fils, mais de là à passer le réveillon avec lui, il y avait un pas qu'il ne se sentait pas prêt à franchir.

Béatrice usa de ses savoirs de bonne femme et prépara son mari un bon mois à l'avance. Elle discuta longuement avec son mari et à plusieurs reprises elle le glissait dans les conversations en évoquant l'importance de cette amitié pour leur fils, le fait que toute la famille serait là et que préparer une fête pour trente ou trente et une personnes, ça ne changeait pas grand-chose. Cependant, ce ne furent pas ces arguments qui le convainquirent. Un soir, vers le 8 décembre, elle lança aveuglément l'argument décisif qui la surprit elle-même par son efficacité.

– Pis pau' p'tit gars... Passer Noël tout seul chez eux dans c'te maison frette-là... Pas de famille pis rien.

Le grand cœur de Louis ne résista pas à l'idée d'un jeune garçon sans famille, dont la mère était morte l'année d'avant, tout seul un soir de Noël à se morfondre. Il accepta en ajoutant :

– Y'est mieux de me parler en français le p'tit joual vert, sinon y va manger su'a butte de neige!

Édouard était extatique. Il l'annonça en trombe à William le jour même au séminaire. William fumait à l'extérieur, en fin d'après-midi. Le soleil baissait gravement dans le ciel gris, derrière les arbres dénudés et sombres. Édouard arriva à la course.

– Devine quoi? lui dit-il, joyeux.

William le regarda, perplexe et amusé à la fois par l'attitude de son ami.

– Je ne sais pas, dis moi?

– Tu vas passer Noël avec moi pis ma famille! dit-il en laissant s'échapper un cri de joie.

William sourit, beaucoup plus emporté par le bonheur que cette nouvelle créait chez Édouard que par le sien.

– Tu vas dormir dans ma chambre en plus! Mon frère va coucher avec mes autres frères pour la nuit. Tu vas voir, ça va être plaisant!

William n'était pas certain mais se laissa gagner par l'idée. Il n'avait aucun plan. Son père serait loin et en plus, ce serait son premier Noël sans sa mère. Ce serait mieux ainsi, sans aucun doute! Mais il ne serait pas sur son territoire. Il eut peur, pour eux, pour la première fois.

◆ ◆ ◆

Le 24 décembre 1947, en soirée, William découvrit que les Canadiens français ne célébraient pas Noël de la même manière que les Anglo-saxons. Ils faisaient ce qu'ils appelaient un réveillon. La veille de Noël, ils préparaient un immense repas et fêtaient une bonne partie de la nuit. Quelle idée étrange que de manger avant d'aller dormir! Et pas un peu, beaucoup en plus!

De plus, lorsque minuit sonnait, ils ouvraient leurs cadeaux. Les Anglais, eux, le faisaient au matin. Il régnait donc dans la maison toute une ambiance fébrile de fête. William était arrivé peu après le souper sans trop avoir mangé, comme Édouard le lui avait conseillé. Il était entré, nerveux, pour la première fois dans la pauvre maison. Il était très intimidé de se présenter là, mais tout le monde s'y montrait chaleureux. En voyant la pauvreté dans laquelle vivaient son ami et sa famille, il comprit mieux le malaise qu'avait eu Édouard quelques mois plus tôt, la première fois qu'il vint chez lui.

Toute cette richesse avait dû le plonger dans sa propre misère, se disait William. Pendant ce temps la visite continuait. Édouard lui avait présenté toute sa famille fièrement. William put finalement mettre des visages sur tous ces noms qu'il connaissait déjà. Louis le salua d'un air narquois. Alors qu'Édouard était très occupé avec sa famille, William se sentit seul et légèrement mis de côté.

Ce n'était pas sa famille en effet. Il se mit alors à errer sans but. Édouard jouait avec ses frères et ses cousins, Louis jasait avec ses frères. C'était une réunion familiale! Un flot continu d'étrangers arrivait en effusion de salutations fortes. Errant dans la maison, William se retrouva dans la cuisine, où il trouva Béatrice qui cuisinait les derniers plats. Elle lui fit un sourire en se détournant. Il s'approcha du four, d'où s'échappaient une chaleur écrasante et une odeur de nourriture marquée.

– Comment faites-vous? C'est trop chaud…

– On s'habitue… C'est pas mon premier réveillon mon p'tit gars, dit-elle.

– Personne ne vous aide? demanda-t-il.

– De temps en temps j'en pogne un, mais là, y'évitent la cuisine.

William aimait déjà Béatrice, ses yeux gentils et doux, sa voix sincère. Elle était rassurante. Une vraie bonne mère quoi!

– Je peux vous aider si vous voulez… dit-il.

Voyant bien qu'il ne tenait pas à retourner au salon à cause de sa gêne, elle accepta.

– Ben, c'est très gentil de ta part. Prends des serviettes là pis viens m'aider à sortir les tourtières du four.

William s'exécuta, heureux de se sentir utile. Les deux échangèrent des regards complices et parlèrent de tout et de rien. Béatrice était très intéressée à en connaître un peu plus sur Montréal. Elle n'était jamais allée dans la grande ville, comme ils disaient. William lui parla des rues commerçantes, de Ste-Catherine, des musées et des églises.

– T'es catholique aussi, hein? demanda-t-elle lorsqu'il aborda le sujet de la religion.

Il hocha la tête, espérant ne pas être trop interrogé sur le sujet. Elle s'essuya le front et poussa un soupir de satisfaction mêlé d'un sourire avant de dire :

– Oh, Seigneur! On mérite une petite récompense, tu crois pas?

William hocha encore la tête. Béa lui fit un clin d'œil et leur servit un verre de punch.

– Pour les autres, ce sera juste au réveillon. Nous, on se paye la traite, dit-elle en lui tendant un verre.

Un large sourire se dessina sur le visage de William. Il avait enfin une amie dans la famille. Bientôt, d'autres femmes, dont la tante Adeline, sa fille Jeanne et Cécile, vinrent les retrouver. Elles se mirent toutes à aider Béa, se sentant mal à l'aise que le seul étranger présent fût celui qui aidât Béatrice.

William, bien qu'il n'avait plus rien à faire, resta à la cuisine à écouter les discussions des femmes et à boire son verre. Jeanne le regardait du coin de l'œil et lui sourit. Elle engagea la conversation de manière joueuse et intéressée. Se sentant abandonné, William ne put résister à la chance de discuter.

La cousine Jeanne, du haut de ses seize ans, était d'une fine beauté. Ses cheveux rouquins, attachés par une boucle, retombaient sur ses épaules. Ses yeux bleus parfaitement dessinés habitaient un visage gracieux. Elle le questionna longuement sur plusieurs sujets. Elle avait un regard enjôleur et jouait comme une chatte. Soudain, toute la famille se dirigea vers la porte et se mit à se vêtir. On allait à la messe de Noël. William était un peu perdu dans le brouhaha. Édouard étant trop occupé à aider sa famille, ce fut la cousine Jeanne qui s'occupa de lui expliquer.

Tous sortirent dans le froid hivernal pour aller s'engouffrer dans les voitures. Le cortège quitta la demeure pour aller à la cathédrale. Le jeune Napoléon faisait partie de la chorale. Il allait chanter ce soir-là. Toute la famille avait bien hâte de le voir. William, qui n'avait jamais vraiment participé à une célébration religieuse avant les funérailles de sa mère, fut véritablement impressionné lorsqu'il entra dans la majestueuse cathédrale. Ce ne fut pas l'église en soi, mais bien le nombre de gens qu'il y vit qui le surprit. Il n'avait jamais vu autant de gens dans cette ville concentrés au même endroit. La famille prit place du côté droit. La messe débuta.

William fut vite perdu dans les conventions, les paroles et les génuflexions. Il tentait de suivre tant bien que mal. Édouard lui lança un regard pour voir comment son ami se portait. William lui fit un signe de la tête. Il en fut rassuré. En effet, il avait légèrement négligé son ami depuis son arrivée et se sentait un peu coupable. C'est alors qu'il vit sa cousine, à côté de William, qui lui lançait des regards… révélateurs. Au moment où Édouard vécut sa première montée de jalousie, la chorale entama des cantiques.

La chorale, composée de près de vingt jeunes garçons, chantait dans une harmonie émouvante. Tous vêtus de toges blanches et tenant un cierge, leurs voix à l'unisson résonnaient sur la paroi de l'édifice, provoquant des frissons tant la mélodie était belle. Béatrice était si émue de voir son fils chanter qu'elle ne put s'empêcher de verser quelques larmes. Louis lui sourit gentiment. Toute la famille éprouvait une telle fierté! Seul Édouard semblait agacé.

Il ne pouvait s'empêcher de se détourner pour vérifier… Bientôt la messe se termina et tous rentrèrent chez les Tremblay. Tous reprirent leur place. Béatrice se dépêcha de retourner à ses chaudrons et finit par lancer le cri d'appel général. Le repas était finalement prêt, on pouvait passer à table. Pour l'occasion, on avait adjoint une autre table, sortie de la remise et décorée d'une nappe de Noël pour qu'on ne vît pas sa vétusté, ainsi que la table à café du salon, pour les enfants. Il y avait quelques centres de table, avec du gui et des chandelles, et de la nourriture à la tonne : des tartes, des tourtières, des pâtés, du pain, des légumes, des gâteaux et d'autres douceurs.

Toute la famille s'assit. William avait hérité d'une place entre Cécile et Édouard. Louis dit le bénédicité et on se servit. William n'était vraiment pas habitué à ces coutumes. Il mangeait, émerveillé et écoutait, hypnotisé, les conversations. Il n'avait jamais vu d'aussi près les Canadiens français. Il souriait à tout. À chaque parole qu'il ne comprenait pas mais qui sonnait si exotique, à chaque blague à moitié comprise, à chaque rire sincère et partagé. Édouard lui lança un regard complice.

– Alors, tu t'amuses-tu? demanda Édouard.

– Oui, répondit William, sincère.

Alors qu'il souriait, il déchanta lorsqu'il vit sa cousine redoubler d'ardeur dans sa conversation. Il but un peu de punch et fut vite ramené à la célébration familiale… sans toutefois que l'idée ne le quittât de la soirée.

Après le repas, on passa au salon. Louis, Joseph et d'autres oncles se mirent à chanter des chansons à répondre autour du sapin de Noël. Tous les enfants répondaient et certains dansaient. William les regardait, amusé, les yeux ronds. Vers minuit, on passa aux cadeaux, avec tous les gens qu'il y avait. William perdit vite le compte.

Il y avait tant de gens qu'il ne connaissait pas. Jeanne, le voyant planté comme une patère près de l'escalier, décida d'aller vers lui. Elle croyait qu'il se sentait exclu, mais rendu là, il était surtout épuisé par la journée. Elle alla le voir, tous charmes en avant. C'était une offensive majeure. Il s'en rendit vite compte. Elle se jouait dans les cheveux et le regardait intensément. Lui, parlait en souriant, la voyant bien faire et comprenant son jeu. Ils conversèrent longtemps ainsi. Soudain, Édouard se souvint que son ami était là. Ayant bu un peu, étant confus, il balaya la pièce afin de le trouver et finit par le voir qui parlait de très près avec sa cousine. ENCORE!!!

Sa jalousie empira. Ils riaient et se parlaient de trop près. Que faisait-elle? se demanda-t-il. Et lui? Il se renfrogna, cette fois-ci vraiment insulté. C'est alors que Cécile lui chuchota :

– On dirait que notre cousine aime ben ton ami.

Il répondit, toujours en les fixant :

– Faut croire!

Édouard se sentait trahi. Il ne put s'amuser du reste de la nuit. Il passait son temps à les épier et à les surveiller. Il allait de coin en coin et faisait semblant de participer aux conversations simplement pour pouvoir mieux les observer. Lorsque les gens commencèrent à quitter et que Jeanne fut rappelée par ses parents, il alla aux côtés de William.

– Moi, je monte dormir, lança-t-il sèchement.

William le regarda un instant, ne comprenant pas. Il ne mit pas long à faire le lien. Il remercia Béatrice et Louis pour leur accueil et monta au deuxième étage. Il dut demander à la petite Anne où se trouvait la chambre de son frère. Toute dépeignée, les lulus pendantes, la petite lui prit la main et l'emmena devant la porte avant de lui dire :

– C'est ici. Mais parle-moi pas à moi pa'ce que je parle pas anglais, moi! dit-elle.

William sourit, amusé par la candeur de l'enfant, et la remercia. Il entra en cognant. Il y trouva Édouard, assis sur son lit, qui regardait par la fenêtre. William ferma la porte et alluma la lumière.

– Qu'est-ce qu'y a? demanda-t-il.

Édouard se leva et feignant l'indifférence, se mit à parler sur un ton sarcastique :

– Mais rien, voyons. J'sais pas, j'ai rien. J'ai tu l'air d'avoir quèque chose, moi?

William se renfrogna. Il croisa les bras et souleva ses sourcils d'un air las.

– En tout cas, t'as l'air d'avoir eu du plaisir. Surtout avec ma cousine, lança Édouard en enlevant sa cravate. William décroisa les bras et se mit à sourire.

– Tu es jaloux? demanda-t-il, l'air arrogant.

Édouard cessa son jeu et le fixa, les yeux inquiets. William changea de ton et continua :

– Je tiens à te dire que tu m'as ignoré presque toute la soirée Édouard. Mais je t'en veux pas. C'était Noël, alors je comprends. Tu étais avec ta famille. Pour ce qui est de ta cousine, c'est la seule qui m'a parlé alors… c'est pour ça que je lui ai parlé. C'est tout.

William le regardait, souriant toujours. Il s'approcha de lui et l'enlaça.

– Ça va maintenant? demanda-t-il.

Édouard hocha la tête, penaud. Il se mit à sourire et se dégagea.

– J'ai un cadeau pour toi, dit Édouard, résolu à faire la paix.

Il alla voir dans sa commode et en sortit un carton emballé dans du papier journal. Il le tendit à William qui l'ouvrit. À l'intérieur, il y avait un portrait de William, très juste et réaliste. William était ému.

– Wow! Merci… dit-il.

– Tu l'aimes? demanda Édouard.

– Oui, bien sûr! dit William.

Il s'empressa de l'embrasser. Ils échangèrent un long baiser avant de tomber sur le lit d'Édouard.

♦ ♦ ♦

Le matin de Noël, Béatrice se leva la première. Elle devait préparer le déjeuner pour toute la famille et s'avancer dans le lavage de vaisselle si elle voulait avoir un peu de répit pour le restant de la journée. Ce soir-là, ils étaient invités chez la tante Murielle.

Elle cogna à la porte de chaque chambre, y insérant la tête et laissant s'échapper un « DEBOUT! » général. Il y avait la messe du matin de Noël, ils devaient se hâter. Alors qu'elle arrivait devant la porte de la chambre d'Édouard, elle commença à parler en l'ouvrant, mais se tut dès qu'elle l'eut entrouverte. Elle eut le souffle coupé, le sang glacé dans les veines et le cœur figé d'effroi.

Le lit de Napoléon était toujours fait et Édouard et William dormaient ensemble dans le même lit, enlacés et probablement nus. Elle referma aussitôt la porte. Cécile passait à ce moment.

– Tu les réveilles pas? demanda-t-elle.

Béatrice, habituée de cacher des choses à sa famille, changea immédiatement d'expression et reprit son air normal un instant.

– Oui, chérie.

Elle cogna sans entrer, se racla la gorge pour éclaircir sa voix et dit très fort :

– DEBOUT LES GARÇONS! ON DOIT ALLER À 'MESSE…

Elle se mit donc à jouer. Elle gardait son sang-froid, elle avait l'air de tous les jours. Cependant, dans sa tête, des millions de choses se passaient. Elle était dépassée par la situation. C'était impossible! Elle ne pouvait pas avoir vu ce qu'elle avait vu! Il fallait qu'elle se soit trompée! Elle avait entendu parler d'histoires de la sorte, mais pas dans sa famille. Pas son fils, non! Elle pensa à ce que les gens diraient, à la messe le dimanche, à ce qu'on dirait à ses plus jeunes à l'école, à la furie de son époux, à leur honte publique. Les dédales sordides de leur famille étalés sur la place publique! Non, elle ne pouvait en parler à personne. Elle se surprit elle-même à être devant le poêle à faire frire des oeufs. Toute la famille arriva et se mit à table. Cécile et Béatrice mirent sur la table des œufs, du pain grillé, du beurre et quelques desserts restant de la veille. Tous se mirent à manger. On discutait de tout et de rien, mais pas Béatrice. Elle ne toucha pas à son assiette, ne pouvant avaler quoi que ce soit. Elle ne pouvait s'empêcher de regarder Édouard, et ensuite William, et de recommencer ce petit jeu. Elle les regardait sans croire ce qu'elle avait vu, désolée. Personne ne semblait la voir, elle. Elle était effacée. Édouard finit par l'apercevoir, particulièrement silencieuse, et lui demanda, intrigué :

– Ça va sa mère?

Elle sortit de son cauchemar et retomba dans son jeu.

– Oh oui, fais-toi-z-en pas, j'suis fatiguée là. J'ai le fixe… dit-elle en baissant le regard.

Louis engouffra une dernière rôtie avant de lâcher en se levant.

– Bon, on va être en retard. Laisse faire la vaisselle, Béa, pour asteure. Tu la feras en revenant.

Béatrice se leva et alla vers son évier.

– J'irai pas moi. Si on veut aller chez ma tante Murielle à soir, je veux avoir tout fini avant.

Elle ne sut pas pourquoi elle fit cela, mais elle le fit.

– William, tu pourrais m'aider si tu veux…

William fut touché. Il aimait bien Béatrice. En plus, il fut soulagé, exécrant les messes de tout acabit. Deux messes en deux jours alors qu'il n'y était pratiquement jamais allé dans toute son existence! Il sentit que le ciel le sauvait… Il sauta sur cette occasion de se défiler.

Il s'excusa faussement auprès du reste de la famille et décida de rester pour aider Béatrice. Toute la famille se mit en route. Ils se vêtirent et quittèrent. William et Béatrice se retrouvèrent seuls. Elle lavait la vaisselle et William l'essuyait. Elle avait la mine basse, les yeux tristes et le ton agacé. Elle se sentait mal. Elle avait l'impression qu'à tout moment elle étoufferait. William, encore assoupi, ne vit pas le désarroi qui l'assaillait.

– Est-ce que t'as aimé ça, le réveillon? dit-elle, gênée et abattue, le regard dans sa vaisselle.

– Oui, c'était très bien. Je ne savais pas que vous fêtiez Noël comme ça, dit-il.

Elle lui lança un sourire triste sans le regarder.

– Quand t'as connu Édouard, dis-moi? demanda-t-elle, l'air détaché.

– Vers la fin septembre, dit-il.

– Ah… T'es vraiment un ami important pour lui, tu sais! dit-elle, les yeux collés sur une tache récalcitrante.

– Oui. Il l'est pour moi aussi. Il est mon seul ami ici.

– Il parle beaucoup de toi, tu sais… Elle s'interrompit, au bord des larmes, prête à craquer.

William vit bien que quelque chose se passait.

– Ça ne va pas, madame Tremblay?

Béatrice mentit.

– Oh, non… C'est la fatigue, c'est tout.

Elle essuya ses larmes naissantes en affichant un sourire hypocrite.

– Je suis juste tellement contente que mon Édouard ait finalement un ami, dit-elle en lui tapotant l'épaule.

William ne vit que du feu. Il était peut-être malin, mais il se trouvait devant une femme qui en avait vu d'autres, qui avait menti à maintes reprises pour le bien-être de sa famille et de ses enfants. Béatrice pratiquait ce qu'elle appelait les péchés pieux, ceux qu'elle faisait pour protéger les autres.

Elle retourna à sa tâche en frottant de plus belle. Cette tache ne résisterait pas. Elle finirait par disparaître comme les autres. Elle avait rencontré plusieurs taches coriaces. Celle-ci ne devait pas prendre plus d'ampleur que les autres. Elle allait attendre de voir si cela passerait. Elle avait déjà entendu dire que certaines personnes appelaient cela une « phase ». Elle prierait pour son fils et le protégerait comme toute bonne mère. Si rien ne s'avisait de changer malgré ses prières et ses bons soins, elle irait voir un docteur, mais il était essentiel que Louis n'en sache rien. Son mari ne devait rien apprendre.

Elle accepta son fardeau et ses mensonges et se demanda ce qu'elle pourrait bien apporter comme dessert chez sa tante. Elle refoula ce qui s'était passé plus tôt et continua à parler à William comme si de rien n'était. Cette tache s'en irait comme les autres, se convainquit-elle. Comme les autres…

◆ ◆ ◆

Les choses se succédèrent rapidement et le dur hiver s'écoula si vite que William et Édouard ne le virent pas passer... Ce ne fut pas le cas pour tout le monde. Ils vivaient une aventure secrète et dangereuse mais excitante, comme l'interdit l'est toujours quand on se réconforte l'un l'autre. Tant qu'ils étaient unis, rien ne pouvait les atteindre. Ils étaient inaccessibles et protégés, forts.

♦ ♦ ♦

Le mois de mars achevait et le premier anniversaire du décès de Frances May Drake approchait. Lors d'un voyage du père de William à Québec, Édouard vint le retrouver chez lui. Ils partagèrent un repas, un lit et finirent dans un bain. Alors qu'ils discutaient, face à face dans la baignoire de céramique blanche, William eut soudain l'air triste.

— Qu'est-ce qu'y a? demanda Édouard.

William soupira avant de le regarder, souriant à peine.

— Ça va bientôt faire un an que ma mère… Enfin, tu sais… dit-il, le regard bas.

Édouard compatissait, sans savoir quoi dire. Il avait bien perdu des frères et des sœurs, mais il était jeune alors, et bien que ces événements l'aient touché, il ne connaissait pas ces enfants. Il n'osait pas s'imaginer ce qu'il ressentirait le jour où il perdrait ses parents. Il se tut, s'enferma dans un mutisme qui trahissait son malaise et son impuissance devant la douleur de son ami. William vit bien qu'Édouard se sentait mal pour lui. Il décida donc de parler, lui.

Il voulait qu'il connaisse sa mère, qu'il sache qui elle était et la lui faire connaître sous son plus beau jour; pas les derniers temps, pas l'agonie, pas la loque qu'elle était devenue à la fin. Il voulait qu'il connût la femme qu'elle avait été, le rayon de lumière qui avait respiré sous ses traits. Se remémorant, il se mit à sourire.

— Tu sais, ma mère était une rêveuse. Elle lisait des livres de magie et de science-fiction. Elle adorait Jules Verne. Elle peignait aussi. Des toiles très spéciales. Elle aimait la musique et la danse. Elle dansait beaucoup et n'importe quand. Elle allumait le gramophone et dansait dans la cuisine, les couloirs, les salons. Elle avait un esprit enfantin, pur et candide. J'étais bien avec elle. Elle me protégeait, s'occupait de moi et me couvait. Je rentrais dans son délire et c'était fantastique. On avait des bonnes qui venaient des quatre coins du monde, et souvent elles embarquaient avec nous. On vivait une vie détachée de la dureté du monde. Elle me faisait changer d'école dès que ça allait mal et m'aimait comme je suis. C'était une femme incroyable, mais elle était fragile. Sa santé était mauvaise.

Édouard était reconnaissant envers William pour son témoignage. Il avait vu une étincelle dans ses yeux lorsqu'il parlait d'elle. Son visage s'était illuminé et ses yeux scintillaient.

– Avec ton père, comment c'était?

William eut un rire sarcastique :

– Mon père! Ils se sont quittés, j'étais jeune. Mon père n'arrivait pas à la supporter. Il n'aimait pas son côté artiste et l'accusait de le faire passer pour un idiot dans les banquets mondains. Elle était une artiste, tu comprends! Elle n'avait rien à faire dans le monde corrompu des riches marchands. Les gens se moquaient d'elle, de sa simplicité. C'est pour ça qu'il est parti. Dans une autre maison. Il assurait toujours notre subsistance, mais ne nous voyait presque jamais. Le majordome l'informait de ce qui se passait à la maison le plus souvent. Ma mère était bien plus heureuse qu'avec lui, et moi aussi. Elle était malheureuse avec lui. Au fond, il a bien fait. Mais un jour, il a appris par le majordome que j'avais des...

À ce moment, il fit des guillemets avec ses doigts :

...« *amis* ». Là, il est revenu et s'est mis à l'accuser d'être la cause de tout ça. Elle a voulu que l'on parte aux États-Unis. Pour ses poumons, ça aurait été mieux en plus. Mais mon père ne voulait pas. Et là, il s'est mis à arriver à l'improviste à la maison et ils se disputaient chaque fois. Ça a duré deux ans. Sa santé n'était déjà pas très bonne... Ce stress-là a tout empiré.

Édouard se taisait et écoutait. Jamais William ne lui avait parlé ainsi ni ne s'était confié à lui si simplement et directement. Il devait écouter. Cela n'arriverait pas souvent, c'est certain.

– Elle était croyante, aussi. Je me souviens... Un jour, elle avait peint une toile magnifique. C'était un vieil homme en toge qui pleurait, assis sur des nuages. Il avait la peau bleuâtre et une couronne d'étoiles avec une longue barbe fine. C'était spécial parce qu'à ses pieds, il y avait un trou et on voyait une ville, et les larmes qui tombaient là se transformaient en étoiles. Elle avait appelé cette toile *Les larmes de Dieu*.

Devant le visage perplexe de son ami, William donna des explications.

— Je lui ai demandé pourquoi elle l'avait appelée comme ça. Elle m'a dit que c'était parce que, selon elle, les âmes des humains naissaient par paires et que Dieu les pleurait. Les âmes sœurs tombaient comme ça, au hasard, et séparées, elles devaient passer leur vie à se chercher.

— Wow! C'est beau... s'exclama Édouard.

— Mais moi, j'ai ma propre explication. Tu devrais voir ce tableau-là. Il est si triste... Pour moi, c'est que Dieu est si triste à cause de la douleur de chacun, qu'il pleure des anges qui viennent nous apporter un peu de réconfort. Ils descendent ici, dans ce monde sombre.

Édouard se souvint de la façon dont lui-même parlait aux anges dans ses prières. Il les voyait dans ses visions profondément mystiques, suspendus dans la voûte céleste, qui lui parlaient en silence. William avait pensé la même chose que lui, sans qu'ils se le soient dit, dans d'autres circonstances, comme s'ils partageaient la même pensée. À cet instant, Édouard le dévorait des yeux et comprit qu'il l'aimait à la folie. William, fixant le vide, ajouta :

— Enfin, je pensais... J'ai cessé de croire... depuis sa mort.

◆ ◆ ◆

Ce jour-là, Édouard n'était pas intéressé par le cours d'arithmétique. Il passait son temps à dessiner. Cela faisait plusieurs fois que le frère Simard le ramenait à l'ordre, mais Édouard surveillait un peu et finissait par recommencer de dessiner. Soudainement, le vieil homme d'Église en eut assez. Il se dirigea vers Édouard, lui ferma le livre sous le nez et l'emporta avec lui en disant :

— Je vous ai averti. Maintenant ça suffit.

Édouard était habitué de se faire confisquer son cahier de dessins. Il ne broncha pas vraiment, bien qu'il eut un mouvement. Il se cala dans sa chaise en croisant ses bras et partit dans la lune.

Le frère Simard continua sa laborieuse leçon encore une bonne heure. La cloche retentit et tous quittèrent hâtivement cette salle de torture de méninges. Édouard fut sorti si brutalement de ses songes par la cloche qu'il en oublia son cahier. Lorsque le frère Simard se détourna, tout le monde avait disparu. C'était l'heure du dîner. Le frère alla manger et alla ensuite à sa chambre. Il avait son après-midi libre et des corrections à faire. Il se mit à la tâche. Il corrigea pendant une heure avant de se lasser.

Il avait mal à la tête et l'atrocité des réponses qu'il lisait le démotivait. Il s'arrêta, enleva ses lunettes et se massa les yeux. Après ces quelques secondes de délectation, il soupira, essayant de se motiver à reprendre sa besogne. Aucunement tenté, il vit, dans sa pile de livres, le cahier de dessins qu'il avait oublié de remettre à Édouard Tremblay. Il avait déjà été témoin des talents de dessinateur du jeune homme. Voulant se divertir un peu avant de replonger dans le travail, il se mit à feuilleter le cahier.

Il put apprécier de beaux paysages du Saguenay, de la cathédrale, d'un chien, des oiseaux, le quartier du Bassin vu du haut de la rue Price. Il vit que le jeune homme maîtrisait bien le réalisme. Tellement que le frère put reconnaître certains membres de sa famille qu'il avait rencontrés à la messe. Mais soudain, le frère fit une découverte surprenante. Et plus il continuait de tourner les pages, plus sa surprise grandissait. Seigneur! pensa-t-il. Il referma le livre d'un mouvement brusque, fronça les sourcils, se leva et alla vers un classeur. Il sortit le dossier d'Édouard, chercha le numéro de ses parents, décrocha le téléphone et composa. Béatrice répondit. Le frère lui dit qu'il devait les rencontrer le soir même à son bureau, que c'était très grave.

Tout le long du trajet, Louis et Béatrice s'interrogèrent. Édouard était bon élève. Bien qu'il fût rêveur et un peu lunatique, il n'avait aucun problème de comportement. Le couple restait silencieux. Le ton grave du frère avait profondément inquiété Béatrice. Ils arrivèrent finalement au séminaire, vers quatre heures de l'après-midi. Les classes allaient finir. Le couple sortit du vieux camion rouillé et se dirigea vers la porte d'entrée du séminaire. À l'intérieur, ils interrogèrent un élève pour savoir où se trouvait le bureau du frère Simard.

Le jeune homme leur indiqua le chemin. Ils arrivèrent devant une porte ouverte. Le frère était assis à son bureau et écrivait. Lorsqu'il les vit, il les salua, leur fit signe d'entrer et de s'asseoir. Ensuite il leur sourit, mal à l'aise. Il se leva et se mit à parler en allant fermer la porte.

– Je vous ai fait venir, car je crois que ce que j'ai à vous dire est d'une importance capitale.

Le frère se rassit et prit le cahier de dessins d'Édouard dans ses mains.

– Le reconnaissez-vous? demanda-t-il.

– C'est le cahier de mon gars ça, non? dit Louis.

Le frère hocha de la tête.

– En effet. Je le lui ai confisqué ce matin. Il n'écoutait pas la leçon et je voulais qu'il le fasse.

Louis, terriblement inquiet, restait assis sur le bout de sa chaise. Béatrice, figée, restait muette. Le père, nerveux, parla ainsi :

– Écoutez, frère Simard, j'sais ben que mon gars est un peu tête en l'air, mais…

– Non, dit le frère.

– Je vous interromps tout de suite. Ce n'est pas pour ça que je vous ai appelés. Si ce n'était que les problèmes lunatiques de votre fils, j'en serais très heureux. Non, c'est un moindre mal auquel je suis assez habitué. Ce n'est pas ça.

Le couple se tortilla d'impatience sur leur chaise sous la pression malsaine. Le frère toussota et se racla la gorge. Louis, poussé par l'anxiété, s'exclama :

– Ben quoi?

Le frère se ressaisit et poursuivit :

– Pendant que je corrigeais tout à l'heure, avant que je vous appelle, en fait, je me suis mis à feuilleter le cahier de votre fils dans le but de me reposer un peu. Je l'avais déjà fait en classe et j'avais pu constater que votre fils a beaucoup de talent en dessin. Alors que je feuilletais, j'ai remarqué qu'Édouard datait ses dessins. Et lorsque je suis arrivé vers les mois derniers, eh bien…

Il vint si mal à l'aise que Louis précipita les choses à nouveau, ce qui fit sursauter sa femme.

– Ben quoi?

– Enfin, j'ai… j'ai… Je vous laisse constater par vous-mêmes.

Le frère leur remit le cahier. Louis et Béatrice se penchèrent au-dessus. Ils virent des dessins d'églises et leurs portraits, mais, surgissant au mois d'octobre, un portrait de William. Plus Louis tournait les pages, plus les paysages devenaient rares et plus les portraits de William devenaient nombreux. Béatrice comprit tout de suite et cessa de regarder, incapable d'en supporter davantage, le cœur dans les talons. Elle fixa un crucifix sur le mur. Elle n'avait même pas la force de regarder son mari. Elle se mit à prier Saint-Antoine et Saint-Jude. Le passé l'avait rattrapée. Le frère s'était tu. Il n'y avait plus que Louis qui tournait les pages frénétiquement, les yeux durs, les sourcils froncés et la bouche crispée. Cela devenait comme une obsession. Plus il voyait de portraits de William, plus il tournait. William de profil, William assis sur un banc, William de face, William souriant, William sérieux, et finalement, William nu. Rendu à ce dessin, Louis referma violemment le cahier et fixa le sol.

– J'en ai assez vu. J'ai compris.
Le frère se remit à parler après un lourd silence.
– Vous savez, il y a des possibilités de traitement. Je peux vous référer à des psychologues. Il y a eu beaucoup d'avancement ces dernières années dans ce domaine. On en sait plus maintenant.
Voyant bien que tout ce qu'il disait ne les réconfortait pas, le frère se voulut encourageant.
– Écoutez… Il y a de l'espoir. Votre fils est un jeune homme brillant, il a du potentiel. Vous ne devez pas baisser les bras.
Louis continuait de fixer le sol, furieux, et Béatrice, pétrifiée, continuait de fixer le crucifix. Le silence se réinstalla, maître de la situation. Quelque chose s'était brisé, perdu à jamais.

Ce soir-là, au souper, Béatrice préparait le repas avec l'aide de Cécile. Tous les enfants arrivèrent et se mirent à papoter. Les parents, eux, étaient très silencieux, mais les enfants ne s'enquirent pas de la raison de ce silence. Louis, assis au bout de la table, tenait dans ses deux mains, sous la nappe, le cahier de dessins. Il le serrait, souhaitant qu'il disparaisse. Béatrice et Cécile mirent la table et le ragoût. Édouard arriva tout pimpant et s'assit à table. Les enfants parlaient de tout et de rien. Édouard était assis à côté de son père et de Cécile. Alors que les deux parents n'avaient toujours pas entamé leur assiette, incapables de manger, Édouard parlait, inconscient de ce qui se préparait. Napoléon parla de sa leçon de géographie :

– Sœur Lapointe nous a montré la carte du Canada. Elle a dit qu'y avait huit provinces anglaises dans le pays.

– Oui. Comme William, dit Édouard.

– Ah oui? demanda Napoléon.

Son frère lui fit signe de la tête que oui.

Louis sentit le sang lui monter à la tête. Il serra le cahier de plus belle avant de laisser s'échapper, comme sorti de nulle part :

– J'veux pus jamais que tu revoies c'te gars-là.

Tous se retournèrent, regardèrent leur père d'un air inquisiteur. Édouard n'était pas certain d'avoir bien compris. Il était brusquement sorti de son mutisme pour dire cela.

– Quoi? dit-il timidement.

Louis continua :

– J'veux pus que tu le revoies, jamais! dit-il gravement, fixant son fils d'un air méchant et serrant les dents.

Tous cessèrent de parler, mal à l'aise. Béatrice ne savait plus quoi faire de ses mains. Elle les mettait sur la table, ensuite en dessous, et regardait dans tous les sens.

– Quoi? demanda Édouard d'une voix remplie d'angoisse.

– T'as très bien compris. Tu remets pus les pieds chez eux, dit-il sur un ton impératif.

Édouard se mit à avoir chaud. Son cœur battait très vite et il se sentait très mal. Il ne comprenait pas d'où venait cette soudaine attitude de son père. Tous les enfants se lançaient des regards d'incompréhension. Ils avaient déjà vu leur père fâché, mais cette fois-ci semblait particulière… Édouard voulut se défendre. Il parlait en bégayant et en regardant furtivement son père sans le fixer.

– Mais… mais pourquoi? C'est mon seul ami…

Son père l'interrompit en explosant. Tous sursautèrent autour de la table.

– Tu le r'connais-tu c'te cahier-là? dit-il en lançant le cahier sur la table.

– Mon p'tit hypocrite, tu devrais avoir honte! Toutes c'tes menteries-là! Tu devrais te laver'a bouche avec du savon!

Édouard se mit à trembler d'anxiété lorsqu'il vit son cahier. Il se souvint, il comprit. Son cœur battait si vite qu'il lui faisait mal. Il était atterré. C'était une catastrophe. Il aurait voulu mourir. Il ne put retenir ses larmes. Toute la famille les regardait, figée. Béatrice n'en pouvait plus. Elle se leva et alla devant son évier. Là, cachée par les armoires, elle se mit à pleurer en silence, le regard bas.

– P'pa… dit Édouard, la voix défaillante.

– Le petit pervers sale… Quand je pense qu'y est venu sous mon toit, dans MA maison! dit-il en frappant violemment sa poitrine de son index.

– On va te faire soigner. On va t'interner le temps qu'y faudra…

Édouard se mit à pleurer à gros sanglots à moitié ravalés. On entendait seulement Louis qui parlait et Édouard qui pleurait, les coudes sur la table, se cachant le visage. Les autres enfants ne comprenaient pas la gravité de la situation. Édouard dit, désespéré :

– Mais p'pa… Je… je l'aime…

À ces mots, Louis ne se contint plus. Il se leva, le regard en feu, poussa sa chaise dans un vacarme épouvantable, prit son assiette et la pulvérisa contre le mur avant de vociférer :

– NIAISE-MOI PAS TABARNAK!!

Il resta debout un instant, haletant de colère. Béatrice sursauta lorsqu'elle entendit l'assiette éclater. Napoléon se boucha les oreilles et la petite Anne se mit à pleurer à grands cris comme seuls les enfants peuvent le faire. Cécile la prit dans ses bras et alla rejoindre sa mère dans la cuisine. Alors qu'elle réconfortait sa petite sœur, elle regardait sa mère, ensuite son père, tout en berçant vitement. Elle était déconcertée et totalement dépassée par la situation. Louis se rassit et dit très fort, révolté :

– J'ai pas travaillé à'sueur de mon front toute ma chienne de vie pour me ramasser avec une tapette!

Le petit Napoléon, voulant changer le sujet, demanda :

– C'est quoi une tapette, papa?

– Un menteur, dit Louis en fixant Édouard.

Ce dernier délirait. Il tremblait, avait des sueurs froides et des haut-le-cœur. Il pleurait tellement qu'il s'étouffait dans ses sanglots. Tout se précipitait dans sa tête. Il allait être interné et ne pourrait plus jamais revoir William! Cette idée lui était insupportable. Il allait s'effondrer. Il devait absolument le voir. Il se leva et se mit à courir.

Louis cria, lui interdisant de sortir, mais Édouard ne l'écouta pas. Il attrapa à la hâte un manteau, sortit, prit sa bicyclette malgré la neige qu'il restait et l'enfourcha. Il se mit à pédaler tel un déchaîné, aveuglé par les larmes et la peur. Il arriva chez William, lança sa bicyclette dans la rue et courut jusqu'à la porte. Il sonna plusieurs fois. La bonne répondit, Édouard entra en la bousculant. Il demanda :
— Où est William?
La femme, surprise, lui dit :
— En haut, mais vous pouvez pas…

Trop tard, il était déjà en haut. Il entra dans la chambre de William qui lisait, assis sur son lit. Lorsque William le vit entrer, il se leva, inquiet.
— Qu'est-ce qu'y a?
Édouard prit son visage dans ses mains.
— Mes parents… Y savent tout, dit-il en se mettant à pleurer de plus belle.
William était impuissant. Il le regardait, rempli de désespoir.
— Mon père veut me faire interner.
William ne pouvait pas parler. Il était bouche bée. Ils se tenaient l'un l'autre. William ne pouvait qu'être désolé pour son ami. C'était fini.

Les cris de la bonne et les pleurs d'Édouard avaient tiré William Drake le père hors de sa concentration. Lorsqu'il arriva dans le hall pour demander à sa bonne ce qui se passait, un vieux camion rouillé arriva devant sa maison. Louis en sortit et se dirigea vers la porte. Il entra dans la maison sans cogner.
— Où est mon fils? demanda-t-il, furieux.
— ÉDOUARD! cria-t-il. ARRIVE TU'SUITE!!!
Édouard et William l'entendirent. Ils s'étreignirent très fort avec l'énergie du désespoir.
— OBLIGE-MOI PAS À ALLER TE CHERCHER! cria Louis, toujours aussi hors de lui.

Les deux amoureux se tenaient par la main lorsqu'ils arrivèrent en haut de l'escalier.

Édouard dit, impuissant, en pleurant :

– P'pa…

– DESCENDS, cria son père, impassible.

Les deux garçons descendirent. Lorsque Édouard arriva à portée de main, son père le frappa violemment au visage avant de l'accrocher par le collet de son chandail. Avant de quitter, Louis regarda William d'un air méchant, le pointa du doigt et lui dit :

– Pis toi, mon espèce de petit pervers, avise-toi pus de t'approcher de mon gars parce que ça va mal aller pour toi.

Louis regarda William le père et dit :

– Ramasse ton gars, parce que moi j'vas m'en occuper.

William le père ne répondit que ceci :

– Ne vous en faites pas. Il n'y aura plus de problèmes, promis.

Monsieur Drake ne voulait aucun problème avec personne. Il obtempéra sagement. Louis sortit en tirant son fils par le collet, tellement qu'il s'étira. William sortit sur la galerie, le visage sérieux, la bouche béate, avec de grosses larmes qui roulaient sur ses joues, et dit :

– Je t'aime, Édouard.

Ce dernier, en mauvaise position, dit en larmes :

– Moi aussi.

Louis ouvrit la porte du camion et y précipita son fils violemment. Il y monta aussi et regarda de nouveau William. Ses yeux étaient froids et secs, cruels et furibonds. Il démarra l'engin et partit. William était abattu. Il pleurait en silence, le visage de marbre. Il se détourna lentement et entra dans la maison. Il posait chaque geste de manière très lente. Le monde était au ralenti. Tout semblait s'être arrêté.

À l'intérieur, le père regarda son fils sérieusement, les bras croisés.

– *That's it. You're going back to Montreal*, dit-il.

William, qui n'avait pas pu réagir devant Louis Tremblay, explosa sur son père.

– *This is so easy, you're getting rid of the problem, as always.*

Il suivait son père et l'invectivait. Ce dernier était en colère lui aussi.

– You couldn't keep your dirty hands from him, hein? Now see, this is what happens to people like you. You're just like your mother.

William cria :

– I FORBID YOU TO TALK ABOUT MY MOTHER! You're a pathetic and sad man!

Le père devint si en colère qu'il en était émotif.

– You're just as weak as she was. You always did whatever you wanted to do. I always had to take care of you. You're in danger here now!

William n'en crut pas ses oreilles.

– Took care of us? Who? YOU? Just because we weren't as you would have liked us to be, you got rid of us!! This is not what I call taking care of!

Le père cessa de parler fort, fixa son fils et lui parla d'une manière que William n'avait jamais vue et qui allait le marquer pour longtemps. Sur un ton presque doux, mais surtout déçu, il dit :

– I've always been the strong one, the one who doesn't fall for his passions, the one who struggles. You never let me the choice. Not you, neither your mother. I had to be the mean one. I didn't complain, and I did it. I did the best I could. Sorry if it wasn't enough for you.

William le père se détourna et alla s'enfermer dans son bureau en claquant violemment la porte, laissant son fils seul dans le salon. William s'assit, hébété. Non seulement avait-il perdu son amour, mais en plus, il n'était plus si certain que son père était le monstre qu'il avait cru, ce qui le déstabilisait. Il était perdu et seul. Il pleura en silence, seul et découragé en songeant à l'horreur dans laquelle devait se trouver Édouard. Il n'était plus sûr de rien. Il avait perdu tout repère. Le monde lui semblait sens dessus dessous. Il prit une cigarette et l'alluma en tremblant.

♦ ♦ ♦

Dans le bureau du docteur Perron, Louis et Béatrice discutaient du traitement dont bénéficierait leur fils. Édouard était assis dans le couloir et pouvait les entendre parler.

– Alors, je tiens à vous dire qu'il y a beaucoup d'espoir pour votre fils. Les comportements sont d'origine récente. En plus, ce n'est pas lui qui les a initiés, selon vos dires.

Le docteur avait en face de lui une famille brisée, un couple traumatisé. L'atmosphère chez les Tremblay était lourde depuis l'incident déjà vieux d'une semaine. Tout le monde était silencieux. Il n'y avait plus de joie de vivre. Édouard, lui, ne mangeait presque plus et avait passé son temps enfermé dans sa chambre depuis que ses parents l'avaient sorti de l'école. Le docteur continua. Il devait malgré tout les avertir.

– Mais je dois vous dire que ces traitements ne sont efficaces qu'à 50 %. Votre fils n'est pas à l'abri des rechutes. Et ces traitements sont très difficiles pour le patient. D'ailleurs, pour l'efficacité du traitement, vous ne pourrez pas le visiter avant un mois. On doit casser son esprit avant pour qu'il n'ait plus de repères.

Béatrice baissa les yeux et se mit à pleurer. Elle essuya vite ses larmes et s'excusa. Louis lui tapota la main, sans conviction.

– On va tenter notre chance, docteur. Pis si y faut recommencer, on recommencera, dit Louis, le ton cassé.

Le docteur hocha de la tête en compatissant. Il leur tendit des formulaires qu'ils signèrent. Ils l'internaient pour une durée de six mois. Eux seuls pouvaient l'en faire sortir. Le docteur les remercia et continua à leur parler des modalités des traitements. Édouard restait assis, le visage figé. C'était l'enfer. Il se revoyait descendre de la camionnette et rentrer dans la maison sous le regard anxieux de sa famille. Il était monté s'enfermer dans sa chambre et n'en était presque plus sorti depuis. Il y était resté et avait pleuré toute son âme. La nuit, on pouvait entendre ses sanglots retentir dans toute la maison. Béatrice avait bien voulu consoler son fils, mais elle n'avait pas osé, craignant la réaction de son époux. Le docteur termina sa paperasse.

Un peu plus tard, le docteur sortit du bureau accompagné de ses parents. Il invita Édouard à le suivre. Sa mère voulut l'embrasser, mais il se dégagea d'elle et partit sans même regarder ses parents. Ils le regardèrent s'éloigner, accompagné du docteur. Béatrice pleurait, blessée par l'attitude de son fils à son égard. Louis mit son bras sur son épaule et dit solennellement :

– On a fait ce qu'on avait à faire.

Béatrice se dégagea à son tour et partit vers la sortie. Louis resta là, penaud, avant de la suivre, lui aussi blessé. Les derniers jours avaient été particulièrement pénibles. Auparavant, sa famille était sa source de motivation dans la vie. C'était là qu'il puisait les forces qui lui permettaient de retourner travailler chaque jour. Cependant, il était seul depuis l'incident. Lorsqu'il sortit du bâtiment, il regarda le ciel gris du mois d'avril. Sa femme était assise dans la voiture. Louis soupira et descendit tranquillement les marches. Il prit son temps pour se rendre au camion. Il y monta et au même moment, Béatrice détourna son regard vers l'extérieur. Louis démarra et partit.

Ce soir-là, dans leur chambre, le couple ne se parlait toujours pas. Le souper avait été lourd de silence. Béatrice n'avait presque pas mangé, Louis non plus. Toute la famille était affectée par les derniers événements. Louis, assis sur le lit en caleçon et en camisole, regardait la fenêtre, habillée de tristes rideaux qui jadis avaient été blancs, mais qui étaient jaunis depuis longtemps. La seule lampe de la chambre rendait toute la pièce tamisée et jaune. Béatrice se préparait à dormir. En robe de chambre, elle rangeait quelques vêtements lorsqu'elle entendit des sanglots à moitié étouffés. Elle s'arrêta un instant et constata que son mari pleurait. Elle fut touchée. Il ne pleurait pas souvent. Cependant, elle savait bien qu'il était plus tendre qu'il ne le prétendait et que sans sa famille, il était sans ressource.

Elle n'avait pas été une très bonne épouse durant la dernière semaine, mais elle ne le pouvait pas. Même si la tare de son fils la préoccupait, elle ne voulait pas qu'il soit interné. Elle avait entendu plusieurs histoires de jeunes personnes qui s'étaient enlevé la vie pendant ou même après ces traitements. Elle était terrifiée. Elle en avait oublié son mari, et ses enfants avaient maintenant peur de leur père. Elle dit timidement :

– Louis…

– On dirait que tout le monde pense que ça m'affecte pas. J'ai l'air du gros méchant.

Elle traversa le lit sur ses deux genoux pour l'enlacer par l'arrière.

– Mon petit gars… dit-il en pleurant plus.

– Qu'est-ce qu'on a fait de mal Béa, hein? Y'a ben fallu qu'on ait été des mauvais parents pour que ça nous arrive à nous autres, dit-il.

Béatrice pleurait aussi. Elle dit :

– Non, non, écoute… Ça arrive dans les meilleures familles. On a rien fait de mal.

– Moi aussi ça me fait de la peine de laisser mon petit gars dans un hôpital de fous, dit-il, se défendant de toute la méchanceté dont il se sentait accusé.

Béatrice revint à ses inquiétudes de mère. Elle s'assit à côté de son mari pour lui parler.

– Louis, écoute-moi. Tu sais ce que le docteur a dit aujourd'hui. Ça se peut qu'y revienne pas normal. Si ça arrive, on va le sortir pareil. J'ai entendu plein d'histoires de gars comme lui qui se sont suicidés à cause de ça.

Louis voulut parler, mais elle l'en empêcha en mettant sa main devant sa bouche.

– Non, écoute… Si on voit dans un mois qu'y va pas bien, promets-moi qu'on va le sortir de là. Je perdrai pas un autre enfant, y'en est pas question. Je survivrai pas à ça. Je serai pas capable. Promets-le-moi, Louis, s'il te plaît… dit-elle désespérée.

Louis ne savait pas quoi dire.

– Béa, on peut le laisser sur cette voie-là, dit-il, se sentant dépassé.

Il voulait bien répondre aux besoins de sa femme, mais il pensait aussi à l'avenir de son fils. Elle réfléchit un instant et trouva vite une solution.

– On va le rentrer chez'prêtres. C'te genre de p'tit gars-là, c'est commun. Personne va poser de questions.

Louis la regardait et se laissait gagner par l'idée. Elle renchérit.

– Écoute, on a deux autres fils. Y vont ben nous donner des petits-enfants. En plus, c'est toujours bon d'avoir un curé dans' famille.

Béatrice parlait animée par l'espoir. Louis était tellement rassuré de la voir ainsi. Cela faisait longtemps qu'elle n'avait pas parlé le regard allumé. Il la regarda et dit doucement :

– OK. C'est la meilleure solution.

Ils s'enlacèrent et se donnèrent un baiser. Ils essuyèrent leurs larmes et se couchèrent en s'étreignant, blessés par la vie. Ils avaient désormais un espoir auquel ils pouvaient s'accrocher. Ils tenteraient de guérir leur fils, et dans le pire des scénarios, ils en feraient un homme d'Église.

♦ ♦ ♦

Le mois parut en durer quatre. Béatrice et Louis attendaient fébrilement leur fils dans la salle de visite de l'institut. Ils nourrissaient beaucoup d'espoir. Ils avaient rencontré plus tôt le docteur Perron, qui leur avait dit qu'Édouard répondait assez bien aux traitements. Par contre, il les avait mis en garde : Édouard avait changé. Il les avait prévenus qu'ils ne retrouveraient pas leur fils tel qu'ils le leur avaient laissé. Lorsque la porte s'ouvrit, ils se levèrent. À gauche, il y avait une infirmière tout de blanc vêtue qui accompagnait un Édouard maigri, blême, les yeux creusés et le regard absent. Il était catatonique. Béatrice reconnut à peine son fils. Elle l'embrassa sur la joue, ensuite ils s'assirent tous. Édouard fixait le sol. Ses parents le regardaient, désolés. Louis tenta une approche :
– Pis, comment ça va? demanda-t-il timidement.
Édouard soupira avant de dire :
– Ça peut aller.
Béatrice le regardait et se morfondait. Il était très maigre et avait l'air malade. Il fallait qu'il sorte de là au plus vite.
– Pis, les traitements… Le docteur a dit que ça se passait bien? demanda Louis.
Édouard croisa les bras.
– J'aimerais mieux qu'on parle pas de ça, dit-il renfrogné.
Louis se sentit coupable d'avoir parlé de cela.
– Je voudrais retourner dans ma chambre si ça vous dérange pas. On se parlera une autre fois.
Édouard se leva et alla rejoindre l'infirmière. Béatrice accrocha fermement le bras de son mari.
– Y faut le sortir.
Louis la regarda, impuissant.
– Ça fait juste un mois qu'y est icitte, Béa.

– Regarde-le Louis. Y'était déjà pas gros, mais là, c't'un cadavre. On va le rentrer chez'prêtres comme on avait dit.

Louis résistait. Il nourrissait de plus grands espoirs pour son fils. Il la regarda, sans conviction. Il voulait défendre son point, mais devant le désarroi de sa femme, il ne put combattre.

– OK. On va le sortir.

Ils se rendirent voir le docteur Perron et lui dirent qu'ils voulaient abandonner les traitements. L'homme leur demanda s'ils étaient sûrs de leur décision et le couple lui répondit que oui. Le docteur alla annoncer la nouvelle en personne à Édouard. Il ne sembla pas être enthousiasmé. Il fit sa valise et sortit de sa chambre. Bien qu'il fût soulagé de quitter l'institut, il n'était pas très emballé de retourner chez lui. Là, l'attendaient la honte et des souvenirs.

Dans la voiture, au retour, ses parents n'arrêtaient pas de parler, comme pour lui faire oublier ce mois. Ils lui racontèrent tout ce qui s'était passé chez eux depuis. Ils étaient si heureux de le ramener à la maison qu'ils ne voulaient pas voir que leur fils n'allait pas bien. À la maison, les enfants accueillirent chaleureusement leur frère. Ils l'étreignirent et l'embrassèrent. Malgré ce qu'il avait fait, ils décidèrent de l'entourer. Au souper, tous parlaient presque normalement. On aurait dit que tout était presque comme avant. Avant l'incident. Avant que tout bascule. Édouard n'écoutait pas vraiment ce qu'ils disaient. Il entendait de loin, mais restait concentré sur son assiette.

Il piochait et mangeait une fois sur deux. À un certain moment, ils virent tous qu'Édouard n'était pas très attentif à ce qu'ils disaient. Ils cessèrent tous de parler et se regardèrent. Louis dit à son fils :

– On est contents que tu sois là Édouard.

Édouard n'avait pas entendu. Il restait concentré, les yeux fixés dans son assiette. Louis regarda sa famille, ensuite son fils. Il le toucha à l'épaule, ce qui le sortit de sa torpeur. Édouard regarda le visage de son père qui le regardait, ému. Il regarda toute sa famille, tout aussi émue, qui le regardait. Son père dit encore :

– On est tous très contents que tu sois là, fils.

Édouard, pour la première fois depuis très longtemps lui semblait-il, fut presque content. Il sourit du coin de la bouche et dit :

– Moi aussi.

Ils continuèrent tous à manger et le laissèrent dans sa bulle. L'énergie revenait dans la famille, comme s'il leur avait manqué une pièce essentielle pendant un mois.

Après le repas, Édouard retourna dans sa chambre, seul. Il la contempla longtemps. Il lui semblait qu'il avait tout oublié. Dans la noirceur, il se mit à genoux devant son crucifix. Il se mit à prier et demanda pardon à Dieu d'être mauvais. Son séjour l'avait profondément convaincu que ce qu'il avait fait était mal et il s'éverturait à partir de maintenant à combattre ce mal qu'il avait au cœur et à se faire pardonner tout celui qu'il avait pu commettre.

Les yeux fermés, il ne voyait ni anges, ni William, il voyait l'enfer qui le consumait. Il vivait désormais en enfer et le seul moyen d'en sortir était de se faire pardonner. Il avait payé chèrement cette incartade, mais au fond, pensait-il, c'était seulement un avertissement.

◆ ◆ ◆

Édouard ne retourna pas à l'école. Au début de l'été, il dit à ses parents qu'il voulait devenir prêtre, et ce, sans qu'ils le lui eurent suggéré. Ils acceptèrent réalistement, sans lui avouer qu'ils avaient eu la même idée.

La Saint-Jean-Baptiste approchait et Béatrice et Cécile préparaient une tourtière pour l'occasion ainsi qu'un renversé aux framboises. La tante Adeline vint les visiter. Elle croisa Édouard dans le salon qui sortait faire du vélo.

En entrant dans la cuisine, la grosse femme lança un bonjour aigu. Les deux femmes firent de même. Adeline se mit à leur parler de plusieurs choses. La femme était particulièrement commère et elle savait tout à propos de tout le monde. Soudain, elle changea d'attitude.

– Pis, comment va votre Édouard?

Béatrice ne voulait pas répondre. Il s'était remis à parler, certes, mais il avait l'air toujours aussi torturé et triste. Il n'était pas totalement revenu de ce mois à l'institut. Elle se doutait pourquoi. Toute la famille s'en doutait, mais ils n'osaient pas en parler de peur qu'il explosât. Une chose avait changé dans cette famille : Édouard ne se faisait plus rien imposer par personne. Béatrice aurait bien souhaité revenir en arrière pour intervenir le jour de Noël… Peut-être aurait-elle pu empêcher tout l'épisode qui avait suivi. Elle ne dit rien. Cécile, qui connaissait la vérité, mais qui commençait à devenir de plus en plus comme sa mère, dit :
– Pas pire, mais vous savez ma tante, les maladies du sang, ça affaiblit, hein! Y va r'venir, j'ai confiance.

Une maladie de la lymphe. Voilà la meilleure excuse qu'on avait trouvée. Cécile avait convaincu Napoléon et Anne, et avait colporté cette histoire à toute la ville. La tante Adeline, bien que commère, avait accepté l'histoire de Cécile et l'avait transmise elle-même. Personne ne se doutait des véritables raisons qui avaient mené Édouard à l'hôpital. La tante Adeline était très affectée par la situation d'Édouard. Son gros cœur débordait de compassion.
– Ben oui… Pau' p'tit gars. Y'avait une telle joie de vivre avant… Pis là, c'est à peine si y sourit. Ça pas d'allure! Pauvre enfant!
À ces mots, Béatrice ne put retenir ses larmes. Cécile lui caressa le dos et Adeline, se sentant horriblement coupable, essaya de s'excuser :
– Ma pauvre Béa, j'suis désolée… J'voulais pas.
Elle s'approcha de sa belle-sœur et la prit dans ses bras. Elle recula et lui dit :
– Mais y va r'venir, t'en fais pas! J'vas y allumer un lampion à soir à'messe.

Béatrice aurait bien voulu la croire, mais tous ses efforts et toutes ses prières n'avaient rien réglé. De plus, elle se sentait coupable. À la fin de l'été, Édouard quitterait pour aller étudier la théologie à Québec et c'était plus fort qu'elle, elle avait hâte. Même si cela la faisait souffrir, le départ de son fils serait un soulagement pour toute la famille. Ils avaient bien espéré que tout se replace après son retour, mais Édouard était devenu austère, sévère et froid. Il exigeait que les enfants apprennent les prières en latin et ne cessait de les rabrouer pour leurs mauvais comportements sous prétexte qu'ils étaient de mauvais chrétiens. Tout cela avait miné leurs relations familiales. Elle avait l'impression d'être la pire femme du monde, mais une fois son fils au loin, en sécurité, et surtout à l'abri de tous les ragots et des mauvaises langues, elle et sa famille pourraient enfin reprendre une vie normale. Enfin, presque…

1954

En mai 1954, un train en provenance de Québec entrait en gare à Chicoutimi. Le jeune curé Tremblay regarda par la fenêtre. Il revenait dans sa région natale, qu'il n'avait plus revue depuis six ans. Il l'avait quittée pour aller faire ses études de prêtrise à Québec. Peu après qu'il ait terminé, il s'était rendu en Amérique latine comme missionnaire. Là, il s'était dévoué à l'éducation des enfants ainsi qu'à l'installation de missions religieuses d'infirmières.

L'année d'avant, il avait attrapé la malaria et avait failli en mourir. Le médecin lui avait dit combien il était chanceux d'avoir survécu et qu'il ferait mieux de retourner au Canada. Il était resté faible et était devenu plus vulnérable à une panoplie impressionnante d'infections tropicales. Il revenait donc visiter sa famille après une longue absence. L'homme, vêtu d'une soutane noire, bronzé, arborait deux favoris qui encadraient sa mâchoire sévère et faisaient ressortir ses yeux austères. Son séjour en Amérique latine l'avait rendu plus conscient de la fragilité de la vie et l'avait endurci, encore un peu plus…

Il se rendit à pied à la maison familiale. Il marcha longtemps, observant la ville, ses rues, les gens qui y étaient. Il s'y sentait comme un étranger. Depuis qu'il avait quitté Chicoutimi, il n'avait jamais pensé y remettre les pieds. On y sentait un vent de modernité désormais. De plus, il y avait beaucoup plus d'enfants qui jouaient dans les rues. Sa mère lui avait écrit durant sa prêtrise, mais lorsqu'il devint missionnaire, il perdit tous liens avec la région. Il arriva finalement devant la maison de ses parents. Il l'examina longtemps, sans savoir s'il y entrerait. Il pouvait toujours se rendre au plus proche presbytère et demander le couvert.

Il hésitait. Il se résigna à entrer. Il poussa la porte de la petite clôture et fit les quelques pas qui le séparaient de la véranda, gravit les marches et cogna à la porte. C'est une Béatrice vieillie qui vint lui ouvrir. Il la salua, empli de sentiments confus. Sa mère se mit à répéter son nom et se mit à pleurer de joie.

– Édouard, c'est ben toi? dit-elle en prenant son visage entre ses mains.

Elle l'embrassa et le prit par la main et tous deux entrèrent dans la maison.

– Les enfants, Édouard est là. Venez vite! lança-t-elle, pleine de joie.

Édouard n'était plus habitué à ces effusions de joie envers lui. Il se sentait mal à l'aise. C'est un grand Napoléon qui descendit les marches en trombe pour lui sauter au cou en criant son nom de joie.

Son frère avait désormais dix-huit ans et il était grand et costaud. Il était devenu un homme. Il le dépassait d'une demi-tête et avait de plus larges épaules qu'Édouard. Quand Anne arriva de la cuisine, il la reconnut à peine. Et Daniel, du haut de ses sept ans, le regardait, perplexe, se demandant pourquoi tout le monde s'excitait devant cet homme. Il ne connaissait pas son frère.

Tous se mirent à lui parler en même temps. Ils le bombardaient sans se soucier de s'il avait la capacité d'assimiler autant d'informations en même temps. On parla du nouvel emploi de Louis; il avait changé deux ans plus tôt. Il était ouvrier à l'Alcan à Arvida maintenant. Cécile habitait à Jonquière, était mariée et avait déjà deux enfants. Elle avait enseigné seulement une année avant de tomber enceinte.

Édouard écouta, attentif et plus intéressé qu'il ne l'aurait cru à ce qui était arrivé à sa famille. Il s'était ennuyé d'eux, mais il ne s'en doutait pas avant. Il avait voulu oublier ses mauvais souvenirs de l'époque, et comme sa famille en faisait partie, il les avait enterrés dans sa mémoire. Tout son passé lui semblait si lointain qu'il aurait cru que ce fût une autre vie. Sa famille était pourtant encore là. Il avait l'impression vague de se trouver en présence d'étrangers.

Cependant, les revoir ainsi réanimait chez lui des sentiments tendres qu'il prenait plaisir à ressentir. Ils le considéraient. Un peu plus tard, la porte s'ouvrit et Louis apparut dans la salle à manger. Lorsqu'il vit son fils, il explosa de joie. Il prit Édouard dans ses bras et le serra fortement.

– Mon fils, dit-il, ému.

L'atmosphère était électrisée. Béatrice appela Cécile pour lui annoncer la présence de son frère. Elle arriva très vite, accompagnée de son mari et de ses deux bambins. Lorsqu'il vit sa sœur, il devint très émotif. Ils s'étreignirent dans un soupir de soulagement, comme s'ils eurent tous deux eu peur de ne plus jamais se revoir. Au souper, on lui demanda de raconter ses aventures, ce qu'il fit.

Tout le monde l'écouta, captivé. Personne dans la famille Tremblay n'était allé plus loin que Charlevoix. Édouard était allé à Montréal, aux États-Unis et dans plusieurs pays d'Amérique centrale. Il leur narra la pauvreté des peuples qu'il avait rencontrés, le manque d'écoles, la maladie, jusqu'à la sienne. Ses parents se sentaient très fiers de lui. Béatrice lui dit, en lui tapotant l'épaule :

– Je suis tellement fière de toi, mon Édouard.

– Asteure que t'es r'venu, tu pourrais peut-être travailler dans une de nos paroisses? dit-elle.

Édouard ne savait trop quoi répondre. Il ne semblait pas convaincu. Il n'avait jamais pensé revenir pour de bon. Il était réticent à tous plans trop rapidement établis sans son consentement.

– Peut-être… J'y ai pas encore pensé, dit-il.

Il continua à parler, essayant d'éviter le sujet de ses plans d'avenir.

La soirée avança. Les petits de Cécile tombaient de fatigue. Elle partit donc, accompagnée de sa petite famille. Son mari n'était pas très bavard et semblait se sentir tel un étranger dans cette famille, si bien que ce n'est qu'après son départ qu'Édouard apprit qu'il s'appelait Normand. Vers dix heures, Édouard était fatigué. Les enfants dormaient depuis longtemps. Sa mère l'invita à aller dans sa vieille chambre, toujours là.

Depuis que Cécile avait quitté, les enfants avaient chacun leur chambre. Daniel dormirait dans la chambre de Napoléon pour qu'il puisse ravoir la sienne. Les deux montèrent l'escalier et prirent le couloir. À chaque pas, un souvenir assaillait Édouard. Des moments anodins sans grande importance dont, sans qu'il ne sache pourquoi, sa mémoire avait gardé trace.

Ils entrèrent dans la chambre. Les deux lits étaient toujours là, sauf qu'il n'y avait plus de draps sur son lit. Sa mère alla en chercher. Elle alluma la lumière et commença à tout installer. Édouard restait sur le seuil de la porte, comme gêné de revenir dans cette pièce qui avait été sa chambre. Béatrice se releva, satisfaite, et lui dit :

– Si tu veux rester, on va transférer Daniel dans la chambre de Napoléon. T'aurais ta chambre, t'sais. C'est comme tu veux, dit-elle, attendrie.

Elle était si heureuse de revoir son fils. La dernière lettre qu'il lui avait envoyée lui disait qu'il partait loin dans le Sud et qu'il ne savait pas s'il pourrait lui écrire de là. Elle s'était inquiétée pendant des années, et là, son fils rentrait au bercail. Elle ne voulait pas repenser aux derniers moments qu'ils avaient partagés ensemble. Elle ne pensait qu'aux bons moments.

Édouard ne savait que dire. Tout allait si vite et se précipitait. Il la remercia et l'embrassa sur la joue avant de lui souhaiter bonne nuit. Lorsqu'il fut seul, il s'agenouilla devant son vieux crucifix, toujours au même endroit, et pria longuement.

◆ ◆ ◆

Les jours s'écoulèrent lentement tandis qu'Édouard renouait avec sa ville. Cela faisait à peine cinq jours qu'il était revenu que déjà il s'ennuyait à tourner en rond dans la ville. Il avait aidé sa mère dans les besognes quotidiennes, s'était rendu visiter sa sœur chez elle. Il décida, ce jeudi matin, qu'il devait travailler. Peu importe ce qu'il ferait. Il s'était habitué à une vie beaucoup plus active que celle qu'il menait et l'envie de bouger se faisait plus pressante à chaque jour.

Il se rendit au presbytère de la cathédrale pour s'entretenir avec l'évêque de Chicoutimi afin de savoir s'il y avait une paroisse qui était libre ou s'il pouvait officier de temps à autre. Il fut déçu de sa visite, il ne reçut qu'un poste… au séminaire de Chicoutimi. Il pouvait malgré cela officier une fois par semaine et remplacer certains prêtres si le besoin se faisait sentir. Il lui resta tout l'été à ne travailler que de temps à autre. Il le passa avec sa famille, renoua des liens et réapprit à les connaître.

Un soir chaud de juillet, il cherchait une paire de souliers qu'il avait égarée sous son lit. Il trouva sa vieille valise brune et la paire en question, mais il découvrit quelque chose d'autre. Près du mur, il vit une masse plane et sombre, couverte de poussière. Il l'agrippa et l'extirpa du dessous de son lit. C'était son vieux cahier de dessins. Il le tint dans ses mains, comme figé, un long moment. Il n'arrivait pas à l'ouvrir. Il était recouvert d'une épaisse couche de poussière, mais Édouard pouvait toujours voir l'étiquette avec son nom dessus. Il toucha l'étiquette, du bout du doigt, et fut sorti de ses pensées par sa mère qui se tenait dans l'embrasure de la porte.

– C'est moi qui l'a mis là, dit-elle.

Elle le regardait, à genoux, tout ébahi, et elle reconnut dans son regard son fils d'avant. Et elle sut ce qui causait cela.

– Après qu'on t'ait envoyé à l'institut, ton père a voulu le jeter, mais j'ai décidé de le garder. J'sais pas pourquoi, j'arrivais pas à m'en débarrasser.

Édouard restait là, à écouter sagement. Il avait terriblement envie d'ouvrir ce livre, mais en même temps, il redoutait ce qui s'y trouvait. Il le regardait, et ce n'était pas son livre qu'il voyait… c'était lui. Béatrice avait toujours eu des motivations qui lui étaient propres, et le bonheur de ses enfants, qu'elle voulait à tout prix, en faisait partie. Elle s'était toujours souciée de l'opinion des gens, mais elle faisait la part des choses.

– Son père habite encore ici, t'sais, dit-elle.

Édouard fut si surpris du discours de sa mère qu'il n'eut aucune réaction. Pourquoi lui disait-elle cela? se demandait-il.

– Son père doit ben savoir où y'habite. Enfin, peu importe… dit-elle avant de le quitter.

Édouard tourna à peine la tête pour la regarder partir. Maintenant, il avait quelque chose de beaucoup plus lourd sur les épaules que son cahier de dessins. Il pouvait presque le sentir. Il était confus. En se couchant ce soir-là, il eut de la difficulté à prier.

◆ ◆ ◆

C'est au début septembre que le père Martel eut son embolie.
Le vieil homme, qui officiait souvent à la cathédrale, mourut si
subitement que l'incident choqua toute la population. On demanda
à Édouard d'officier la moitié des messes du père Martel. Édouard
accepta avec joie, en dépit des raisons qui l'avaient amené là.

Ce fut aussi en ce début de mois qu'Édouard décida d'aller à la
maison Drake. Il avait essayé tout l'été de se convaincre, mais il
n'y était pas parvenu. Il luttait. Il ne voulait pas céder, mais la
pression ainsi que la curiosité devinrent fortes. Ces dernières
restrictions personnelles finirent par tomber. Il y alla à pied. Il
gravit la rue qu'il montait à vélo jadis et arriva devant la petite
clôture. Plusieurs souvenirs lui revinrent en mémoire. Il se revoyait
là six ans plus tôt… William, son père, tout l'incident. Il poussa la
petite barrière et marcha, résolu, jusqu'à la porte. Il ne chercherait
pas à savoir où William était. Il prendrait seulement de ses
nouvelles, s'informerait auprès de son père pour savoir s'il avait
gardé contact avec lui bien entendu.

De toute façon, connaissant William, il devait sans doute être à
la Nouvelle-Orléans, à Londres ou à Hong-Kong. Il sonna à la
porte et attendit, fébrile. Lorsqu'une jeune femme ouvrit la porte,
Édouard enleva son chapeau, comme la coutume le voulait. La
femme blonde, à peine plus petite que lui, sourit en le voyant.
– Oui, mon père, qu'est-ce que je peux faire pour vous?
Édouard se racla la gorge et demanda :
– Est-ce que monsieur Drake est là?
– Lequel? dit-elle.
Édouard ne comprit pas.
– Pardon?
– Lequel? Le père ou le fils?
Édouard fut tellement surpris qu'il se mit à bégayer.
– Enfin… Co… comment… Qu'est-ce que…
– Monsieur Drake le père est tombé malade il y a deux ans et
son fils est venu prendre soin de lui. Voulez-vous que je l'appelle?
– NON! dit-il, les yeux écarquillés et le visage grave.
La femme lui lança un regard oblique.
– Merci, au revoir, dit-il en quittant hâtivement.

Édouard marcha très vite. Il avait si peur que William le vît qu'il courait presque. L'anxiété l'emplissait totalement. Il avait les mains moites et le cœur qui battait la chamade. Il s'était attendu à une rencontre plutôt désagréable et maladroite avec William Drake père, mais il ne s'attendait pas à cela. William était revenu! Il était à quelques mètres de lui, si près. En arrivant chez lui, il se mit à prier ardemment. Il devait se protéger du démon qui le dévorait, s'en libérer. Il suppliait Dieu de lui pardonner ses fautes et son impureté, sa faiblesse et son âme souillée. Il fallait qu'il lui pardonne ses péchés, il le fallait! Il était si faible…

Tout le mois de septembre, Béatrice avait bien remarqué que quelque chose turlupinait son fils. Il était devenu inquiet et craintif. Il était constamment sur ses gardes. Lorsqu'il était à la maison familiale, il s'engouffrait dans ses pensées. Il semblait préoccupé. Elle avait bien tenté de l'amener à se confier à elle, mais il avait toujours esquivé ses bons sentiments maternels.

Un jour qu'elle était au marché accompagnée de Daniel, elle était plongée dans ses pensées. Alors qu'elle lisait sa liste d'épicerie, totalement absorbée, elle croisa William. N'étant pas certaine d'avoir bien vu, elle se retourna pour mieux voir. Malheur, l'homme avait déjà changé de rangée. Alors commença une course. Elle se mit à le suivre partout. Elle voulait vérifier que c'était bien lui. Il ne l'avait pas reconnue, mais elle, oui! Elle se cacha dans les rangées et l'observa de loin. Il finit par se diriger vers la caisse, il salua la dame et paya ses achats. Lorsqu'il sortit, elle entendit des femmes parler de la maladie de son père. Les femmes lui confirmèrent, sans le savoir, qu'elle avait raison. C'était bien William Drake le fils.

Béatrice ne put s'empêcher de partager l'obsession de son fils à partir de ce moment. Les jours passaient et elle ne cessait d'y penser. Elle voyait bien le désarroi de son fils, et bien qu'elle condamnât ses tendances, elle s'était résolue à l'aimer ainsi. Elle voulait qu'il soit heureux. Elle se surprit elle-même à souhaiter qu'ils se retrouvent. Elle chercha un moyen de les réunir, mais elle ne savait pas comment. Il lui était impossible d'en parler à quiconque. Elle eut finalement une idée. Elle prépara des galettes au sirop et aux raisins. Elle les mit dans un panier et se rendit à la maison des Drake. Elle s'était vêtue d'un grand manteau, avait mis des lunettes de soleil, bien qu'on fût en septembre, et portait un bandeau pour cacher ses cheveux.

Elle ne voulait pas être reconnue. Elle devrait faire vite. Le cœur battant, elle monta la pente qui menait à la demeure Drake. Elle faisait des petits pas rapides et lançait des regards furtifs dans tous les sens. On aurait dit une vue d'espionnage américaine, pensait-elle. Elle était nerveuse et excitée à la fois. Elle n'avait pas souvent ressenti ce genre d'émotion. Elle finit par arriver devant la maison. Elle se hâta d'aller mettre le panier sur la véranda, sonna à la porte et déguerpit en courant. Elle se cacha derrière un immense orme et observa ce qui allait se passer. Une jeune femme blonde ouvrit la porte et, l'air perplexe, chercha qui avait pu sonner à la porte. Elle pensa : sûrement des petits garnements!

La jeune femme finit par voir le panier. Elle le prit, souleva le linge à carreaux et vit les galettes ainsi qu'un message. Elle ouvrit la feuille de papier et referma la porte. Béatrice se détourna et quitta, satisfaite. À partir de maintenant, elle n'interviendrait plus. Elle avait essayé de réparer ses torts. Elle fit un signe de croix et descendit la colline.

Dans la demeure Drake, la jeune femme se rendit à la cuisine avec le panier. Elle poussa la porte battante et déposa le panier sur la table, près de William, qui préparait un goûter pour son père.

— Vous avez reçu un panier, m'sieur Drake, dit-elle.

William leva les yeux, souleva le linge et vit le petit message. Il regarda les galettes, eut un sourire satisfait et les sentit.

— Qui a envoyé ça? demanda-t-il.

— J'sais pas. C'était su' l'perron, dit-elle.

William prit la feuille, l'ouvrit et lut le message.

Cher monsieur Drake,

Nous avons appris que le sort s'acharnait sur vous. Dans le but de vous procurer un peu de courage et de soutien, nous vous envoyons ces petites douceurs maison, espérant qu'elles vous apportent un peu de réconfort.

Sincèrement vôtre,

Béatrice et le père Édouard Tremblay

William resta interdit. Il ne comprenait pas. Plutôt, il ne voulait pas comprendre. Édouard? Il avait bien tenté de s'informer pour savoir où il était à son retour de Montréal, mais il n'avait jamais eu de réponse satisfaisante et jamais il ne se serait risqué à aller quémander des informations auprès de sa famille. Trop dangereux, pensait-il. Édouard, prêtre? C'est alors qu'il se souvint de ce que lui avait narré Marguerite, la nouvelle employée de son père. La visite d'un prêtre, au début du mois, qui s'était enfui presque en courant lorsqu'elle lui avait appris qu'il était là. William avait souri en entendant cette histoire. Il fit le lien. Édouard était venu le voir, et maintenant on l'informait de sa présence. William sentit son pouls s'accélérer. Il devait le voir.

Édouard officiait en ce mardi soir. Il parla de Job et de son sacrifice. Il parlait fort dans la cathédrale. Ses paroles se répondaient en écho sur les murs. Édouard avait l'air si sévère ce soir-là, avec sa soutane noire, ses traits austères et sa voix accusatrice. Il était de ces hommes d'Église qui avaient des visions mystiques de l'Apocalypse et qui étaient toujours prêts à terroriser les gens avec leurs histoires terrifiantes!

Venu le moment où il devait remettre l'hostie à chaque ouaille, la cathédrale bondée se mit en ligne dans les différents couloirs. Édouard était particulièrement heureux de pouvoir officier dans la cathédrale. Il l'appréciait plus que les petites églises de paroisse. Il se sentait officiel et plus près de Dieu. Il remettait une hostie à chaque personne qui se présentait devant lui en disant cette phrase rituelle : *corpus cristi*. Ce leitmotiv résonnait dans chaque personne. Édouard le leur donnait officiellement, semblant absoudre tous leurs péchés. On aurait dit qu'ils recevaient le pardon divin. Édouard jouait cette scène comme si elle avait été tirée d'une pièce de théâtre. Il aimait ce sentiment qu'il inspirait chez les gens. Il se sentait respecté et craint, puissant. Il avait le sentiment d'être investi de la puissance divine. Il était un modèle dans ce monde souillé et laid. Il savait bien que lui aussi vivait les tourments du malin, mais en tant que représentant de Dieu, il était normal qu'il fût assailli plus que les autres. Soudain, en une fraction de seconde, toute cette puissance, cette austérité, ce sentiment d'être un soldat de Dieu s'évanouirent.

Il ne put dire son leitmotiv. Il perdit tous ses repères. Il était désarmé et déconcerté. William se dressait devant lui, attendant son hostie. Édouard sentit son sang qui lui montait au cerveau. Sa gorge se noua et une tension électrique parcourut son échine. Il tenait l'hostie, pétrifié devant le symbole de sa déchéance! Il avait toujours fantasmé sur son hypothétique rencontre avec William. Il avait tant démonisé sa relation adolescente qu'il avait imaginé cette rencontre comme une bataille épique entre le bien et le mal.

Il se souvenait de William comme étant sensuel et dangereux, séduisant et manipulateur. Par contre, le William qui se dressait devant lui n'était rien de tout cela. Il le regardait, l'air triste et déçu, le regard rempli de ce qui lui semblait être de la pitié. William était si désolé de voir ce que son ami était devenu. Il se sentait responsable. Édouard n'avait plus rien de jovial ou vivant. Il était si terne dans sa soutane et avait l'air si sévère et méchant… William prit son hostie et se détourna. Il ne pouvait pas le voir ainsi. C'était si dur. Il quitta la demeure du Seigneur avant même la fin de la cérémonie. Édouard, ébranlé, n'arrivait plus à se concentrer. Si William n'était pas le démon séducteur qu'il avait imaginé, il fallait donc que ce soit lui qui ait été profondément pervers et mauvais!

Il n'avait pas réussi, aucunement. Il était le mal en soutane! Quel imposteur perfide, pensait-il! Il n'était pas un modèle et ne méritait pas le respect des fidèles! Édouard se sentit si sale qu'il eut la nausée. Après la cérémonie, il se rendit au presbytère, où il vivait quelques jours par mois. Il alla au grenier. Là, il avait installé un immense crucifix en bois. Il s'agenouilla devant et enleva sa soutane. Il prit un fouet de cuir et commença, lentement, à se flageller. À quelques reprises dans le passé, lorsqu'il s'était senti tenté de la sorte, il avait trouvé le réconfort en purgeant ses pensées mauvaises de cette manière. Par la douleur de la chair, il extirpait le mal de son âme.

◆ ◆ ◆

La tourmente revint, poursuivant Édouard peu importe ce qu'il faisait. Durant ses cours au séminaire… À chaque office… Lorsqu'il marchait dans la rue... Il avait tellement envie de le voir, il se morfondait. Il se referma sur lui-même et fit tout pour éviter ces pensées. Elles étaient mauvaises, sales et dangereuses.

Elles mettaient son Salut en péril. Il devait résister de toutes ses forces. Il avait souvent visité le grenier ces derniers temps. Il avait quitté la maison familiale définitivement, n'étant plus capable de soutenir les souvenirs qu'il avait dans cette maison. Dans le presbytère, il se sentait plus près de Dieu, donc de la miséricorde divine. Cependant, ce n'était pas suffisant pour le délivrer de ses pensées impures. Un soir qu'il lisait dans un bureau, on sonna à la porte. Il se rendit à la porte pour répondre, et lorsqu'il l'ouvrit, ce fut un William nerveux qui entra. William entra en le saluant brièvement. Le malaise était palpable. Édouard se maudit de ne pas l'avoir empêché d'entrer, mais il fut tellement surpris de le voir là qu'il ne put même y penser.

– Comment ça va? demanda William.
Édouard n'arrivait pas à soutenir son regard. William non plus d'ailleurs.
– Ça va, et toi?
– Ça peut aller. Je t'ai vu l'autre jour à la messe. C'est pour ça que…
Ils ne savaient pas quoi se dire. Ils restaient là, mal à l'aise. William tournait entre ses mains son chapeau de feutre, encore et encore.
– Écoute, je voulais te dire. J'ai… je suis désolé… pour ce qui s'est passé à l'époque. Il fallait que je te le dise, dit William bêtement.
– Ça va. Je suis sur la voie du repentir, dit Édouard aussi bête. Merci quand même.
William fut surpris de la réponse de son ami.
– La voie du repentir? Édouard... Visiblement, tu t'es mal remis de ça. Regarde ce que tu es devenu. Je me suis senti horriblement coupable l'autre jour. C'est en partie ma faute…
Édouard fut très insulté de l'attitude présomptueuse de William et il se fâcha. Il parla, en colère, mais en chuchotant et en serrant les dents. Il ne voulait pas qu'on l'entendit.

– Pardon? Je me suis mal remis? C'était mal ce qu'on a fait. Et je m'en sors. Ça demande des efforts, mais on peut y arriver. J'ai travaillé au Salut de mon prochain et à son bon vivre. Et tu as raison de te sentir coupable. Je peux voir que toi, tu n'as pas changé si tu me parles comme ça. Comment oses-tu me juger de la sorte? Si tu es bien dans tes péchés, restes-y, mais laisse-moi en paix! Cesse de me tourmenter.

William le fixa, insulté et blessé.

– Tu penses que c'est la solution? On ne change pas! On est comme ça point à la ligne! *God, you're so naive!*

Cette naïveté, qui l'avait auparavant séduit, l'insultait en ce moment précis.

Édouard renchérit, encore plus hors de lui :

– Tu n'as pas le droit de venir ici me dire que j'ai mal choisi quand toi, tu continues sur ce chemin de dépravé!

William voyait bien qu'il délirait, que toutes ces idées religieuses lui étaient montées à la tête et l'avaient convaincu qu'il était immonde. Il le prit fermement par les deux bras, l'adossa au mur du hall et lui susurra à l'oreille :

– Je sais qui tu es. On ne change pas comme ça. Tu te mens à toi-même. Je l'ai vu sur ton visage à la cathédrale. Cesse de te tourmenter ainsi. Tu n'es pas mauvais, Édouard. Si seulement tu pouvais le voir…

William le lâcha, le fixa un peu et quitta, nerveux. Il ne supportait pas de le voir ainsi. Des années de torture mentale l'avaient mené aux portes de la folie. Le revoir avait réanimé des sentiments chez lui et le voir l'abattait. William se dépêcha de rentrer chez lui, décontenancé et dépassé. Édouard resta un instant contre le mur, comme en état de choc. Il était figé. Il ressassait dans son esprit les paroles de William et sentit le désir monter en lui.

Son contact… Quelques paroles chuchotées avaient suffi à effacer des années d'efforts! Ce contact violent, son odeur, sa chaleur. C'était insupportable! Il gravit les escaliers à grandes enjambées jusqu'au grenier, s'y enferma et s'agenouilla. Il se mit à se flageller violemment. Sa chemise se déchira sous ses coups. Il fallait qu'il le sorte de son esprit. Il frappait si fort qu'il se mit à suer sous l'effort. La douleur n'était pas assez forte. Il continua jusqu'au sang.

Il se fatigua mais continua, encore et encore! Le cuir lacérait sa chair et il persistait. Il était si confus que la frontière entre son désir et sa douleur se fondit. Il ne savait plus s'il avait mal ou s'il ressentait du plaisir. Il chancelait. Il finit par s'effondrer sur le plancher poussiéreux, épuisé, les cheveux trempés par la sueur et le dos ensanglanté. Le temps semblait se dérouler au ralenti. Il haletait et délirait. Il sourit, satisfait, et s'endormit là, allongé sur le plancher.

♦ ♦ ♦

Ce soir d'automne, il pleuvait abondamment. William avait bordé son père, gravement amaigri par la maladie, et l'avait quitté pour aller lire au salon. Il lisait machinalement, sans porter aucune attention au recueil. Ses yeux se posaient sur chaque mot, mais aucun sens ne se dégageait du texte. Il ne pouvait s'empêcher de réfléchir aux événements qui l'avaient mené là : le décès de sa mère, l'internement d'Édouard, son retour à Montréal, où il avait étudié le droit à McGill pendant quelques années, l'échec de son barreau et sa descente dans l'alcoolisme. Alors qu'il essayait de rester sobre, il avait reçu une missive de l'employée de son père qui le suppliait de venir en prendre soin, son cancer étant trop dur pour une femme seule. Et il était là, de nouveau, accumulant malheur par-dessus échec. Jamais il n'avait pensé revoir son père ni revenir à Chicoutimi. Lorsqu'il vivait à Montréal, son père prenait soin de lui envoyer les ressources financières nécessaires à sa vie, sans lui écrire ou lui parler. William le père s'était enfermé dans un mutisme de convenance, ne sachant que faire ou que dire à son fils.

William ne lisait plus depuis longtemps lorsque la sonnerie de la porte retentit une première fois. Il appela la bonne pour qu'elle aille ouvrir, mais elle ne répondait pas. La sonnerie retentit deux autres fois avant que William ne se décide à se lever, agacé par le son strident. Il se rendit devant la porte, l'ouvrit et fut très surpris d'y trouver Édouard. Le jeune prêtre était trempé de la tête aux pieds et pleurait. Édouard le regarda dans les yeux et William vit toute la rage et la colère de son vieil ami. Ses yeux devinrent durs, il étira le bras et frappa violemment William au visage, tellement qu'il en tomba sur le tapis style victorien. William ne se releva pas. Il était tellement surpris qu'il ne savait pas quoi faire.

Lorsqu'il regarda à nouveau Édouard, sa rage avait fait place à sa douleur. Ce dernier se mit à genoux devant lui et dit en sanglotant :

— Tu m'as abandonné… Tu m'as laissé tout seul…

Il se prit la tête entre les deux mains et pleura de plus belle. Ses sanglots étaient si forts qu'ils l'étouffaient. Il pleurait comme un enfant. William, qui se sentait déjà coupable, le prit dans ses bras et le serra. Édouard perdit totalement le contrôle de ses actions. Il se mit à l'embrasser violemment et langoureusement. Les deux jeunes hommes s'embrassaient avec l'énergie du désespoir. Ils étaient comme deux chats, se frôlant. Ils ne réussirent pas à monter jusqu'à l'étage. Ils terminèrent la nuit sur le sofa du salon.

Au petit matin, lorsque Édouard se réveilla, William ne dormait pas. Il suivait de son doigt les stigmates laissés par le cuir dans son dos. Les deux jeunes hommes, étendus sur le sofa, cachés uniquement d'une peau d'ours, s'échangèrent un long regard dans la clarté bleue de l'aube. Les deux se sentaient vivre à nouveau. William voyait dans les yeux de son ami une lumière qu'il n'avait pas vue à la cathédrale. Édouard, hypnotisé, n'arrivait plus à penser à toutes ses lubies. Il ne comprenait pas ce qu'il avait craint si longtemps. Il avait tout tenté ce qui lui semblait possible pour l'oublier, l'effacer, tout ! Ils s'étaient retrouvés, comme si le destin l'avait voulu.

♦ ♦ ♦

La santé de William le père s'aggrava durant les mois d'hiver. L'homme perdit encore du poids et devint presque aveugle. Son fils continua de s'occuper de lui, avec l'aide de Marguerite. Les deux hommes ne se parlaient guère, mais une nuit, le père eut une grave quinte de toux et se mit à cracher du sang. William fils le nettoya et le veilla.

— *Are you there?* demanda le père.

William, qui regardait la neige qui tombait sur les toits, se détourna et regarda cet homme malade.

— *Yes sir, I am.*

— *I've heard that he's back.*

William fils se doutait de qui son père parlait, mais il posa tout de même la question :

– *Whom are you talking about?*

– *That little French guy, you know!* dit-il agacé.

Le fils sourit. La maladie les avait rapprochés, c'était étrange.

– *Yes, he is.*

– *We've been seing each other for four months.*

Le père eut une toux très aiguë. Le fils s'en approcha, inquiet.

– *Are you OK? Do you want me to call a doctor?*

Alors qu'il se calmait, il dit :

– *I'm fine… Son, tell me… Do you love him?*

Le fils ne s'était jamais vraiment posé la question, la réponse lui était évidente.

– *I guess, why?*

– *I've just realized that I wasted a long part of my life worrying about what would think my colleagues about your mother. I truly loved her, son, really. And I lost everything.*

Même sans voir, il se mit à pleurer.

– *Oh son. I'm sorry, but I always did what I thought was the best.*

– *I know father,* dit William, ému.

– *You look like me son, you never let anyone told you your conduct.*

William se pencha sur le lit de son père et lui prit la main. La respiration de l'homme devint difficile. Il parlait en regardant le plafond.

– *If you say you love him, and he loves you… I don't understand, but I guess…*

À ce moment, il se détourna et plongea son regard aveugle dans les yeux du fils comme s'il le regardait.

– *I guess… I am happy for you.*

Ce regard étrange dura un court moment. Le père s'affaissa sur son lit et sombra dans un sommeil pénible. Sa respiration était irrégulière et difficile. Au lever du soleil, il poussa son dernier soupir. William couvrit son visage et descendit au salon. Il prit le téléphone et appela une ambulance. Une fois son appel fait, il regarda par la fenêtre. Le soleil se levait au loin, rond et parfait. Son halo était bien défini. William se mit à pleurer, doucement. Il était triste, certes, mais il était aussi soulagé que les souffrances de son père fussent finalement terminées. Le cancer l'avait grugé tranquillement. William regretta tout ce temps qu'il avait mis à maudire son père en n'essayant pas de le comprendre ou de le connaître. Il se rendit compte qu'il était bien comme lui : lorsqu'il décidait quelque chose, personne ne pouvait l'en faire démordre. William C. Drake était un nom qui lui allait bien finalement.

◆ ◆ ◆

Ce mercredi-là, toute la fureur de l'hiver déferlait sur Chicoutimi. Les tempêtes du mois de mars semblaient rendre la saison morte éternelle. Ces derniers soubresauts poudreux pesaient sur le moral des gens, bien qu'ils ne fussent inévitables. C'était généralement à ce moment de l'année que la population commençait à souhaiter le retour des temps doux. Le printemps s'annonçait. De temps en temps, des journées tièdes éveillaient les cœurs, et les religieux préparaient les processions à venir. Par contre, le vieux père blanc se manifestait jusqu'à la toute fin de son règne, comme pour narguer tous ceux qui auraient souhaité son départ hâtif.

Édouard ne s'était pas rendu au séminaire ce jour-là, fermé à cause des bordées généreuses laissées dans les rues. De toute façon, l'évêque avait manifesté le désir de s'entretenir avec lui, ce qui le rendait nerveux. Il n'avait pas remué un cil lorsqu'il avait appris que les écoles n'ouvraient pas ce jour-là. Il s'était tapi dans la chaleur du presbytère, lisant et errant dans la demeure. La domestique vint bientôt lui annoncer l'arrivée du saint homme. Édouard se leva prestement et alla saluer son supérieur. Les deux hommes se serrèrent la main. Le vieil homme d'Église, tout recouvert de neige, tenta tant que bien que mal d'enlever tous les flocons qui le recouvraient.

– Par tous les saints, s'exclama-t-il. Nous ne sommes pas épargnés par les fougues de l'hiver encore une fois cette année!

– C'est ainsi dans notre coin de pays, Monseigneur, rétorqua Édouard.

Ce dernier l'invita au salon. Là, les attendaient du thé chaud et quelques biscuits apportés par la domestique. Après s'être tous deux assis, le sacro-saint homme commença son discours :

– Mon cher père Édouard. Comment allez-vous? Cette tempéra-ture exécrable ne vous fait-elle pas regretter un peu les cieux plus cléments du Mexique et des tropiques?

Édouard sourit à cette allusion. Son premier hiver canadien en six ans était en effet un peu pénible, mais il ne broncha pas.

– Je vous avouerai que je m'ennuie un peu. Par contre, je ne m'étais pas rendu compte à quel point ce pays m'avait manqué avant d'y remettre les pieds, dit Édouard, philosophe.

Ils échangèrent un rire un peu forcé.

– Alors, vous désiriez me voir, renchérit Édouard.

L'évêque prit une gorgée de thé chaud avant de poursuivre, en faisant un sourire pincé.

– En effet, mon père. C'est exact. Je n'irai pas par quatre chemins. Vous savez que nous avons été très contents de votre retour dans la région. Tout le diocèse a bien accueilli votre travail. Si j'ai manifesté le désir de m'entretenir avec vous, c'est pour une raison simple.

Édouard, qui n'avait jusque-là aucune idée de la raison de cette rencontre, commença à soupçonner quelque chose. L'homme saint parlait avec confiance et savait très bien où il s'en allait.

– Dans une petite ville comme Chicoutimi, vous n'êtes pas sans savoir que tout vient à poindre un jour ou l'autre. Il est parvenu à mes oreilles que vous passiez beaucoup de temps à visiter les fidèles. Ce qui est en soi une bonne chose… Mais le zèle a des limites que la raison ne saurait comprendre.

Édouard se mit à suer de nervosité. Son épais chandail de laine n'aidait pas. Il lui sembla que son collet l'étouffait. Édouard tenta de se défendre, craignant la suite.

– Mais Monseigneur, pardonnez mon insubordination, mais il n'y a aucun mal à démontrer un intérêt soutenu pour le Salut de l'âme de nos concitoyens chrétiens.

– Bien entendu, mon père. Bien entendu…

Le vieil homme sourit de manière narquoise, presque mo-queuse.

– Par contre, tout aussi soutenu votre intérêt soit-il, il y a des limites, et des vœux prononcés qu'il ne faut pas briser. Je n'ai rien contre le fait que mes prêtres se soucient du Salut de nos fidèles. Rien du tout. Mais il me paraît quelque peu étrange qu'un prêtre passe des nuits entières chez un seul fidèle qui, même s'il est catholique, n'est pas Canadien français. J'aimerais que vous m'expliquiez.

Édouard se mit à rougir et eut peur de bafouiller.

– « *Les* », insista-t-il, fidèles à qui j'ai effectivement rendu visite font partie de notre paroisse. De plus, monsieur Drake père est gravement malade. Il n'en a plus que pour quelques semaines, quelques mois au mieux.

C'était l'excuse qu'il avait donnée à ses frères religieux pour expliquer ses fréquentes absences. L'évêque se mit à sourire de manière amusée mais sérieuse.

– Mon très cher père, vous n'êtes pas sans savoir qu'un mensonge, si petit soit-il, reste tout de même un péché. Et ne pensez surtout pas que je suis dupe.

Il prit un air plus sérieux, n'aimant pas qu'on essayât de le berner.

– J'ai fait de petites vérifications avant de venir vous rencontrer. Cela fait longtemps que je vis ici. Je connais presque tout le monde et j'ai de bons contacts. Monsieur Drake fils est bel et bien catholique, de sa mère, mais son père quant à lui est anglican. Quelle âme en peine, n'est-ce pas, pour passer des nuits entières chez eux… dit-il, cette fois-ci très sérieux.

– De plus, pendant mes recherches, j'ai aussi appris que vous avez vécu, plus jeune, disons… des expériences traumatisantes qui vous auraient poussé à entrer à l'hôpital.

Leurs regards restèrent un bon moment figé. Édouard se sentait très mal. Il savait très bien de quoi l'évêque lui parlait. Il était dans de beaux draps… On aurait dit que l'évêque était un enquêteur tout droit sorti d'un film d'espionnage américain. Comment avait-il pu obtenir toutes ces informations? Qui lui avait raconté tout cela? L'air grave du saint homme disparut et il reprit son air bon enfant.

– Mais je ne suis pas venu ici vous faire la morale. Loin de moi cette idée. Je souhaite seulement vous transmettre un message. La Sainte Église prêche la miséricorde pour tous ses fidèles. Le pardon divin. De plus, bien que nous soyons des hommes d'Église, nous n'en sommes pas moins des hommes. Les mots le disent.

À ces paroles, l'évêque se pencha sur l'accoudoir du fauteuil, comme pour faire une confidence à son interlocuteur.

– Les nouvelles courent vite ici. Très vite. Mais pour l'instant, peu de gens sont au courant de… appelons-les ainsi, vos *incartades*… Par contre, l'Église ne saurait cautionner en aucun cas de tels comportements, et nous ne souhaitons pas non plus voir éclater de scandale. Que diriez-vous de retourner travailler dans le Sud? L'Église est grande et plurielle. Certains endroits sont dépourvus d'insectes vecteurs de maladies et qui plus est, personne ne s'étonnerait de vous voir repartir. Ils penseraient probablement que vous avez trouvé cet hiver un peu trop difficile à gérer.

Édouard n'en croyait pas ses oreilles. Il resta interdit, bouche bée, fixant l'évêque sans dire mot.

– Enfin, mon message est passé, dit l'évêque. Raccompagnez-moi à la porte, je vous prie.

Les deux hommes se levèrent et se dirigèrent vers la porte. Édouard, encore sous le choc, aida le vieil homme à se rhabiller.

– Avant de retourner dans la tempête, je souhaite vous mettre en garde. Je vous ai apporté une solution qui vous… nous permettrait de sauver la face. S'il fallait par contre que vous décidiez de rester ici, je vous avertis… si ces visites venaient à être étalées au grand jour, nous nous verrions dans l'obligation de sévir.

Cette dernière parole n'avait plus rien de bon enfant. Elle se voulait menaçante et dure. Le Saint Homme reprit son sourire, comme si de rien n'était, salua Édouard poliment et disparut dans l'embrasure de la porte, dans une volée de flocons. Édouard resta un instant devant la porte, la regardant. Il ne croyait toujours pas à ce qu'il venait de vivre. On aurait dit un rêve surréel. Le téléphone retentit, la domestique vint lui annoncer que William Drake père était mort deux jours auparavant. William le demandait au télé-phone. Lorsqu'il regarda la vieille domestique, il vit dans son visage une expression qu'il n'avait plus vue depuis très longtemps. Une vague impression de déjà-vu l'envahit. Il mit un court instant à comprendre. Elle le regardait comme Laprise et Duquette à l'épo-que. Elle savait, et c'était probablement elle qui avait communiqué avec l'évêque. Dans son regard, il voyait du mépris. Il la remercia et alla répondre.

◆ ◆ ◆

Le cimetière était encore recouvert de quelques îlots de neige et de glace, bien que quelques points d'herbe séchée par le froid émergeaient çà et là. Le printemps était tardif et les jours étaient encore bien courts. C'était un jour froid, baigné de la lumière d'un soleil pâle et d'un ciel gris laiteux. Les arbres dépouillés de leurs feuilles ajoutaient au lugubre de la scène. William et Édouard marchaient entre les tombes, dans les minces couloirs, tous les deux frigorifiés, le nez humide. Ils finirent par arriver devant la tombe de William Drake père. Le fils s'y agenouilla et déposa un bouquet de fleurs. Édouard se tenait non loin de lui, un peu en retrait. Il le regardait qui se recueillait.

Quelques jours après la mort de son père, William avait demandé à Édouard de partir pour Montréal. La ville lui manquait et il sentait le besoin d'y retourner. Édouard le fixa un instant et se rendit compte de quelque chose : il avait fui, toute sa vie, sa réalité. Il avait tant essayé de se faire pardonner, de justifier la personne qu'il était, qu'il s'était réfugié dans la religion comme issue de secours. Mais il s'était fourvoyé. De plus, on se doutait de leur relation. Sa carrière de prêtre était en péril. Il réfléchit un court instant et tout lui devint clair. Ce qui importait vraiment dans sa vie était là, devant lui. Bien entendu il y avait sa famille, mais il pourrait toujours leur rendre visite. C'est à cet instant qu'il fut convaincu d'aller à Montréal. Il n'avait jamais vraiment souhaité devenir prêtre. Il avait seulement essayé de mettre Dieu devant l'objet de son désir. Il mit la main sur l'épaule de William.

– Allons à Montréal, dit-il.

William se détourna, ne s'attendant pas du tout à se faire demander cela.

– T'es certain? demanda-t-il en se relevant.

– Et ta famille? Et l'Église?

À cette réponse, Édouard sourit, amusé. Il était serein et en paix.

– Je pourrai toujours les voir, Montréal n'est pas si loin. Et en plus, j'suis pas devenu curé parce que j'en avais réellement envie. Si je l'ai fait, c'est plus parce que j'y voyais un moyen de me sauver. Je crois que j'ai pas vraiment la vocation. J'ai brisé mes vœux depuis fort longtemps déjà.

– Alors, t'es sûr? Tu veux vraiment y aller? demanda William, heureux comme un enfant.

Édouard acquiesça d'un hochement de tête. Ils s'embrassèrent, avant de s'enlacer.

– Merci, lui répondit William.

Depuis le décès de son père, il était constamment hanté par son souvenir, comme il l'avait jadis été par celui de sa mère. Il le revoyait partout chez lui et ne pouvait s'empêcher de regretter tout ce qui les avait séparés. Il était soulagé à l'idée de quitter cette maison et cette ville. Ils se dirigèrent tous les deux vers la sortie du cimetière, sous le regard investigateur d'un corbeau perché dans les branches d'un arbre, seul témoin de leur union.

◆ ◆ ◆

Le train allait quitter la gare et Édouard regardait par la fenêtre, songeur. Il avait rencontré sa famille la veille pour les saluer. Il ne savait pas quand, exactement, il les reverrait, mais cela lui importait peu. Il avait fait la paix avec chacun d'eux et les quittait le cœur tranquille. Personne n'avait discuté son choix de partir pour Montréal, et on ne parla pas non plus de celui avec qui il y allait. C'était un secret de polichinelle dont personne n'avait envie ni besoin de parler. Il y a de ces blessures dans la vie qu'il ne vaut pas la peine de rouvrir. Il partait, le cœur léger, sans regret. C'était un nouveau départ pour lui. Il toucha son cou dénudé et le flatta, dans un mouvement habitué, mais n'y trouva rien. Il enseignerait à Montréal, sans soutane.

Alors qu'il fixait une épinette, William entra dans la cabine et s'assit à ses côtés. Édouard se tourna et le regarda. William avait une bande dessinée dans les mains et se mit à lire. Ce dernier, se sentant observé, le regarda. Édouard souriait.

– Quoi? Qu'est-ce qu'il y a? dit-il.

Édouard sourit de plus belle.

– Rien.

Il continuait de le fixer. William, qui tentait de lire, se rendit bien compte qu'il le fixait toujours.

– T'es sûr qu'il y a rien?

– Oui, j'suis sûr, dit-il amusé.

Édouard était serein. Il ne pouvait s'empêcher de le regarder et de sourire. Il l'aimait et se sentait libre de le faire. Le train cria son départ. Pour eux deux, c'était un nouveau départ qui sortait en vapeur chaude. C'était la promesse d'une nouvelle vie, d'un renouveau. Le futur était devant eux. Ils avaient une chance qu'ils ne pouvaient pas laisser passer. Le train commença à avancer lentement. À mesure que le mouvement accélérait, le mille-pattes de métal s'éloignait de la ville, s'engouffrant dans le bouclier canadien encore vêtu de neige.

FIN